Guus Kuijer
Tina und die Kunst, sich zu verlaufen

Guus Kuijer wurde 1942 in Amsterdam geboren. Er wohnt auf einem Bauernhof in der Nähe von Amsterdam. Früher war Guus Kuijer Lehrer, doch schon seit Anfang der siebziger Jahre arbeitet er als freier Schriftsteller. Für sein Gesamtwerk wurde er mit dem Holländischen Staatspreis ausgezeichnet; bei uns erhielt er für sein Buch „Erzähl mir von Oma" den Deutschen Jugendliteraturpreis.

Von Guus Kuijer sind in den Ravensburger Taschenbüchern außerdem erschienen:

RTB 1534 Mal sehen, ob du lachst
RTB 1551 Vernagelte Fenster, da wohnen Gespenster
RTB 1560 Erzähl mir von Oma
RTB 1774 Der Turm der schwarzen Steine

Guus Kuijer

Tina und die Kunst,
sich zu verlaufen

Mit Bildern von Jan Jutte
Aus dem Holländischen von
Hanni Ehlers und Regine Kämper

Otto Maier Ravensburg

Als Ravensburger Taschenbuch Band 1844
erschienen 1993

Die Originalausgabe erschien 1987
bei Em. Querido's Uitgeverij B.V., Amsterdam
unter dem Titel „Tin Toeval en de kunst van het verdwalen"
© 1987 by Guus Kuijer
© Illustrationen: 1987 by Jan Jutte

Die deutsche Erstausgabe erschien 1989
im Ravensburger Buchverlag Otto Maier GmbH
© 1989 für die deutsche Textfassung
Ravensburger Buchverlag Otto Maier GmbH

Umschlagillustration: Jan Jutte

Alle Rechte dieser Ausgabe vorbehalten durch
Ravensburger Buchverlag Otto Maier GmbH
Gesamtherstellung: Ebner Ulm
Printed in Germany

5 4 3 2 1   97 96 95 94 93

ISBN 3-473-51844-1

Inhalt

Der Karton

Ferdinand hat einen Karton. Er preßt den Karton
fest an sich, damit niemand hineinschauen kann.
„Läßt du mich mal in deinen Karton gucken?"
fragt Tina.
„Nein", sagt Ferdinand. „Wenn du in meinen Karton guckst, wirst du blind." Er stellt den Karton
auf den Teppich.
„Na und?" sagt Tina. „Meine Oma ist blind, und
die kann ganz toll singen, tralalala."
„Da sind Glitzer drin", sagt Ferdinand. „Die glitzern dir deine Augen kaputt."
„Oje", sagt Tina. Sie macht die Augen zu.
Ferdinand guckt auf ihre geschlossenen Augen. Er
wartet eine Weile. Es ist ziemlich langweilig.
„Wann machst du deine Augen wieder auf?" fragt
er.
„Nie mehr", sagt Tina. „Ich werd ganz berühmt,
weil ich meine Augen nie mehr wieder aufmach."
Ferdinand sieht sie ungläubig an. Er schüttelt
seinen Karton. „Auch wenn du Geburtstag hast?"
fragt er. „Daß du nicht mal sehen kannst, was du
geschenkt gekriegt hast?"
Tina denkt nach. Sie seufzt. Das ist eine schwie-

rige Frage. „Ich hab noch lange nicht Geburtstag", sagt sie.

Ferdinand betrachtet seinen Karton. Durch einen kleinen Spalt unter dem Deckel schielt er hinein. „Du kannst ruhig in meinen Karton gucken", sagt er. „So schlimm blind wirst du nicht davon."

„Ich guck nie mehr", sagt Tina.

„Auch nicht, wenn du ein Fahrrad kriegst?" fragt Ferdinand.

„Berühmte Leute kriegen keine Fahrräder", sagt Tina. „Die kriegen gleich ein Schwimmbad. Ich kann prima blind schwimmen. Du auch?"

„Ja!" sagt Ferdinand unwirsch. „Aber wann guckst du jetzt endlich in meinen Karton?"

„Nie", sagt Tina. „Berühmte Leute gucken nie mit zuen Augen in Kartons."

„Das ist gemein!" schreit Ferdinand. „Du spielst auf einmal ein ganz anderes Spiel!"

Tina streckt ihre Hand nach dem Karton aus. Aber ihre Augen bleiben fest geschlossen. Sie nimmt den Deckel vom Karton und faßt hinein. Sie fühlt. „Es sind Steinchen und Flaschendeckel und Glasstückchen", sagt sie.

„Ja, aber sie glitzern!" ruft Ferdinand. „Darum mußt du gucken. Du kannst doch nicht *fühlen,* daß sie glitzern!"

„Ich *weiß,* daß sie glitzern", sagt Tina.

„Woher weißt du das?" fragt Ferdinand.

„Weil ich heimlich durch ganz kleine Schlitze gucke", sagt Tina.

Ferdinand verdreht seinen Kopf, bis er beinah auf dem Boden liegt. Er starrt auf Tinas geschlossene Augen und hält zwei Finger hoch. „Wieviele Finger halt ich hoch?" fragt er.

„Zwei", sagt Tina.

Ferdinand läßt die Finger langsam sinken. „Gib her!" schimpft er. Er grapscht sich den Karton und legt den Deckel wieder drauf.

„Hau bloß ab!" sagt er. „Du spielst immer falsch."

Tina steht auf. Sie zieht ihren Pullover glatt. „Ich muß sowieso nach Hause", sagt sie. „Ich hab Gesangstunde bei meiner blinden Oma. Und danach darf ich mit ihrem Blindenhund spielen. Tschüs!"

Sie geht aus dem Zimmer. „Tralalala", singt sie. Dann geht die Haustür auf. Und mit einem Knall wieder zu.

Ferdinand stellt seinen Karton auf den Tisch. „Keiner darf in meinen Karton gucken", flüstert er.

Die Pfeife

„Willst du mal in meinen Karton gucken, Tom?" fragt Ferdinand.

Tom und Ferdinand stehen auf dem Gehweg. Tom guckt auf den Karton. „Ja", sagt er.

„Das hab ich mir gedacht", sagt Ferdinand.

Tom nimmt seinen Finger aus dem Mund. Er zieht die Nase hoch. „Chror-chror-chror", sagt die Nase von Tom. Tom zeigt mit seinem nassen Finger auf den Karton. „Zeig mal!" sagt er.

„Kommt nicht in Frage", sagt Ferdinand. „Keiner darf in meinen Karton gucken."

„Oh", sagt Tom. Er steckt den Finger wieder in den Mund. Er zieht die Nase hoch. „Chror-chror-chror", sagt die Nase von Tom. „Ich weiß, was in dem Karton ist", sagt Tom.

„Hahaha", lacht Ferdinand. „Das geht ja gar nicht, du kannst ja gar nicht durch einen Karton durchgucken."

Tom nimmt den Finger aus dem Mund. Er zeigt auf den Karton. „Da sind Steinchen drin. Und Flaschendeckel. Und Glasstückchen." Er steckt den Finger in den Mund. „Chror-chror-chror", sagt seine Nase.

Ferdinand sieht Tom an. Sein Mund steht sperrangelweit offen.

„Bein Bund beht obben", sagt Tom.

„Was sagst du?" fragt Ferdinand.

Tom nimmt den Finger aus dem Mund. Er zeigt auf Ferdinand. „Dein Mund steht offen", sagt er. Er steckt den Finger wieder in den Mund. „Chror-chror-chror", sagt seine Nase.

Ferdinand betrachtet seinen Karton. Er hält ihn dicht vor seine Augen. Wie macht Tom das bloß? Wie guckt er in einen geschlossenen Karton? Ferdinand weiß es nicht. „Tschüs Tom!" sagt er.

„Büsch Berbibamb!" sagt Tom. „Chror-chror-chror."

Ferdinand geht weg. Er preßt seinen Karton an sich.

Tom nimmt den Finger aus dem Mund. „Ferdinand!" ruft er.

Ferdinand bleibt stehen. Er dreht sich um. „Was ist?" fragt er.

„Grüße von Tina", sagt Tom. Er steckt den Finger in den Mund. „Chror-chror-chror", macht seine Nase.

„Oh", sagt Ferdinand. „Danke. Tschüs Tom!"

„Büsch Berbibamb!"

Ferdinand läuft weiter. Tom hat immer eine Rotznase. Und nie hat er ein Taschentuch. Wie kommt es, daß so einer durch geschlossene Kartons durchgucken kann und er selber nicht?

Das ist Ferdinand ein Rätsel.

„Hallo, Ferdinand!" schreit jemand. Ferdinand schaut sich um. Es ist Tina. Sie hängt mit dem Kopf nach unten an der Kletterstange.

„Ich will *nicht* in deinen Karton gucken", schreit Tina. „Da sind nämlich Steinchen und Flaschendeckel und Glasstückchen drin."

Ferdinand dreht sich um. Er stopft den Karton schnell unter seinen Pullover und rennt nach Hause. In dem Karton unter seinem Pullover klappert es.

„Was hab ich in meinem Karton?" fragt er zu Hause.

Ferdinands Vater sieht von seiner Zeitung auf. „Soll ich raten?" fragt er. Ferdinand nickt.

„Tja", sagt Ferdinands Vater. „Warte mal, was könnte wohl in dem Karton sein. Steinchen? Ja? Flaschendeckel? Und Glasstückchen?"
Ferdinand nickt.
Ferdinands Vater stopft sich eine Pfeife. Er zündet die Pfeife an. „Chror-chror-chror", sagt die Pfeife.
„Bein Bund beht obben", sagt Ferdinands Vater.
„Oh", sagt Ferdinand. „Tschüs Papa!"
„Büsch Berbibamb!"

Saure Drops

„Tag Tina", sagt Tom. „Warum hängst du auf dem Kopf?"

Tinas Kopf ist ganz rot. Sie hängt mit dem Kopf nach unten an der Kletterstange. „Einfach so", sagt Tina. „Wenn ich richtigrum stehe, langweil ich mich."

„Ach so", sagt Tom. Er denkt nach. „Wenn ich mich langweile, such ich einen Hund."

„Und dann?" fragt Tina.

„Dann spiel ich mit ihm", sagt Tom.

„Doof", sagt Tina.

„Gar nicht doof", sagt Tom. „Tiere sind nie doof. Ich hätte gern eine Giraffe."

„Wenn ich falle, fall ich immer auf die Pfoten", sagt Tina.

Tom sieht sie verwundert an. „Das ist bei Katzen", sagt er.

„Bei Katzen und bei mir", sagt Tina.

Tom betrachtet Tinas Gesicht. „Dein ganzes Blut läuft in deinen Kopf. Gleich platzt er."

„Quatsch", sagt Tina. „Ich hab 'ne ziemlich harte Birne."

„Da kann man blind von werden", sagt Tom. „Wie deine Oma."

Tina sagt nichts. Sie schaukelt hin und her. „Da kommt Ferdinand", sagt sie.

„Darf ich in deinen Karton gucken, Ferdinand?" schreit Tom.

Ferdinand kommt langsam näher. Er trägt seinen Karton vor sich her. Bei Tom und Tina bleibt er stehen. „Klar darfst du in meinen Karton gucken", sagt er.

„Hihihi", kichert Tom.

„Hihihi", kichert Tina verkehrtherum.

„Ihr dürft auch was aus meinem Karton haben", sagt Ferdinand.

„Hihihi", kichert Tom.

„Hihihi", kichert Tina verkehrtherum.

Ferdinand hält Tom und Tina seinen Karton hin und schüttelt ihn.

„Wir wollen gar nichts aus deinem blöden Karton", sagt Tom.

„Wir brauchen den Krempel nicht", sagt Tina.

Ferdinand zieht seinen Karton wieder zurück. „Schade", sagt er. Er setzt sich auf den Boden und stellt den Karton neben sich. Er nimmt den Deckel ab. Tom guckt. Tina guckt verkehrtherum. Ferdinand guckt auch.

Im Karton sind saure Drops, Gummibärchen und Lakritze.

„Hm, was nehm ich denn zuerst?" sagt Ferdinand.
„Ein Lakritz, ein Gummibärchen oder ein Drops?
Ich glaub, ich fang mit Lakritz an." Er steckt sich
ein Lakritzbonbon in den Mund und kaut.
„Schade, daß ihr nichts wollt", sagt er.
Tom preßt die Lippen zusammen und schluckt.
Tina schwingt sich auf die Kletterstange hoch.
„So", sagt Ferdinand und legt den Deckel wieder
auf den Karton. „Ich geh nach Hause."
Ferdinand geht. Mit seinem Karton.

Tom und Tina schauen ihm nach.

„Ferdinand ist richtig gemein", sagt Tom. „Er gibt uns nichts ab."

Tina läßt sich hintenüberfallen. Sie hängt wieder mit dem Kopf nach unten. „Tschüs Ferdinand!" schreit sie mit rotem Kopf. „Hoffentlich wird dir schön schlecht!"

„Und hoffentlich kriegst du schön kaputte Zähne!" schreit Tom. Ferdinand läuft einfach weiter. Er scheint sich gar nichts daraus zu machen.

Das gilt nicht

Tina geht nach Hause. Tom geht mit.

Tina wohnt ziemlich weit oben. Sie müssen drei Treppen hoch. Das dauert lange. Sie müssen nämlich alles auf einem Bein machen.

„Bum, bum, bum."

„Ohne festhalten!" sagt Tina. „Nicht am Geländer festhalten!"

Das ist schwierig. Tom kommt ganz schön ins Schwitzen. „Wir können auch normal laufen", sagt er. „Das geht schneller."

„Ja, aber dann gilt es nicht", sagt Tina.

Tom seufzt.

„Bum, bum, bum."

Tina kann es besser als Tom. Sie hüpft nach oben wie ein Spatz. Als sie oben angekommen ist, schaut sie runter.

Tom ist erst auf der Hälfte.

„Mein Knie tut weh", sagt Tom.

„Das gehört dazu", sagt Tina.

„Ich weiß nicht", sagt Tom. „Vielleicht ist das auch schädlich."

„Oh", sagt Tina.

Tom geht auf beiden Beinen die Treppe hoch.

„Du mußt wieder zurück", sagt Tina. „Du nimmst ja beide Beine."

„Was?" fragt Tom.

„Du mußt eins, zwei, drei, vier Stufen zurück", sagt Tina. „Von da mußt du noch mal anfangen."

„Warum?" fragt Tom.

„Weil es sonst nicht gilt", sagt Tina.

Tom schaut runter und wieder hoch. „Mit zwei Beinen gilt es wohl", sagt er. „Ganz viele Menschen laufen auf zwei Beinen die Treppe hoch."

Er geht einfach weiter. Auf beiden Beinen.

Tina denkt nach. „Auf einem Bein gilt es aber mehr", sagt sie.

„Eine Katze nimmt sogar vier Beine", sagt Tom. Er ist jetzt oben.

Sie gehen in die Wohnung. Das Wohnzimmer ist leer. Tinas Eltern sind noch nicht zu Hause. Nur zwei Katzen sind da.

„Das ist Piff", erklärt Tina. Sie zeigt auf eine weiße Katze. Die sitzt auf dem Tisch. „Und das ist Paff." Sie zeigt auf eine schwarze Katze. Die sitzt auf der Fensterbank.

Tom geht zu Paff. Das Fenster hinter Paff steht offen. Tom streichelt Paff. Er guckt aus dem Fenster. „Ui, das ist aber hoch hier", sagt er. Er guckt auf die Straße. Es ist so hoch, daß er ein komisches Gefühl im Bauch kriegt. „Ich würd mich nie auf die Fensterbank trauen", sagt er.

„Katzen fallen immer auf ihre Pfoten", sagt Tina.

„Von so weit oben?" fragt Tom ungläubig. „Das glaub ich nicht."

„Laß mich mal ans Fenster", sagt Tina. „Dann werd ich's dir beweisen."

Tom geht zur Seite. Er sieht Tina an. „Was machst du?" fragt er.

Tina packt die Katze am Nackenfell. „Mal gucken, ob sie auf die Pfoten fällt", sagt sie. „Dann kannst du es sehen."

„Ja, aber", ruft Tom, „dann ist sie doch tot!"

„Ach Quatsch", sagt Tina. „Das sag ich doch die ganze Zeit. Sie fällt auf ihre Pfoten!" Tina packt entschlossen zu und versucht, Paff nach draußen zu schieben. Aber Paff will nicht nach draußen.

Sie faucht und knurrt. Sie sträubt sich und schlägt ihre Krallen in Tinas Pullover.

„Sie will nicht", sagt Tom aufgeregt.

„Natürlich will sie", sagt Tina. „Die ist immer so. Stell dich nicht so an, Paff. Du fällst doch auf die Pfoten."

Aber Paff will noch immer nicht. Sie kratzt Tina durch den Pullover hindurch. Und beißt ihr in die Hand. „Au!" schreit Tina. „Das ist gemein, Paff!"

„Ja, aber wenn sie doch nicht will!" schreit Tom.

Im Haus gegenüber wird ein Fenster aufgemacht. Eine Frau beugt sich heraus. „He!" schreit sie. „Bist du noch ganz bei Trost? Laß sofort die Katze los! Drinnen! Nicht draußen!"

Man hört ihr an, daß sie sehr böse ist.

„Ja, aber", ruft Tina mit Tränen in den Augen, „sie fällt doch auf die Pfoten. Und sie kratzt und beißt. Das gilt nicht!"

„Laß die Katze los!" schreit die Frau. „Sonst werde ich dir mal zeigen, was gilt, und dich auf deine Pfoten fallen lassen!"

Tina holt Paff rein. Paff springt von der Fensterbank. Mit dickem Schwanz schießt sie unter den Schrank. Tina streift ihren Ärmel zurück. Ihr Arm ist ganz zerkratzt. Er blutet.

„Und daß mir so was nicht noch mal vorkommt!" schreit die Frau. Sie knallt ihr Fenster zu.

„Die macht vielleicht ein Theater", sagt Tina.

20

Blut I

Tom ist hingefallen. Sein Knie blutet.

Tom fällt jeden Tag hin. Sein Knie blutet jeden Tag. Manchmal bluten auch beide Knie gleichzeitig.

„Soll ich dein Knie verbinden?" fragt Tina. „Ba", sagt Tom. „Ba" heißt „ja", wenn man einen Finger im Mund hat.

„Warte", sagt Tina. „Ich hol schnell Verbandzeug. Nicht weglaufen."

„Bein", sagt Tom.

Tina rennt nach Hause. Tom schaut ihr nach. Etwas Blut läuft ihm in den Strumpf.

Da kommt Ferdinand. Er hat keinen Karton bei sich, dafür aber einen Löffel. „He, Tom, du blutest", sagt er.

„Beiß ich", sagt Tom.

„Komm, wir spielen Krieg", sagt Ferdinand. „Wir spielen, daß du verwundet worden bist. Und daß du stirbst. Und daß sie ein Denkmal von dir machen."

„He, guckt mal!" schreit Tina schon von weitem. Sie kommt über den Gehweg gerannt. In ihren

Händen flattern Geschirrtücher. Vor Tom bleibt sie stehen. „So", keucht sie. „Zeig mal her, dein Knie."

„Erst sein Kopf", sagt Ferdinand. Er zeigt mit dem Löffel auf Toms Gesicht.

„Sein Kopf?" fragt Tina. „Der blutet doch gar nicht!"

„Er ist im Krieg verwundet worden", sagt Ferdinand. „Darum muß sein Kopf verbunden werden."

Tina zuckt die Schultern. „Ich hab zwei Geschirrtücher", sagt sie. „Soll ich erst deinen Kopf machen?"

Tom steckt den Finger in den Mund. „Ba", sagt er. Tina wickelt ein Tuch um seinen Kopf und macht einen Knoten. Tom ist jetzt schlimm verwundet. Tina und Ferdinand begutachten ihn.

„Das ist noch nicht genug", sagt Ferdinand. Er fuchtelt mit seinem Löffel herum. Der Löffel blinkt in der Sonne.

„Da muß noch was um seinen Arm", sagt Tina. „Wie heißt das noch mal?"

„Eine Armschlinge", sagt Ferdinand.

„Ich weiß was!" schreit Tina. „Er muß seinen einen Schuh ausziehen. Daß sein Fuß so ein dicker Klumpen wird. Ich hol noch ein paar Geschirrtücher." Sie rennt weg. Tom und Ferdinand warten. Tina ist schnell wieder zurück.

Zuerst machen sie eine Schlinge für Toms Arm.

Dann verbinden sie seinen Fuß. Jetzt ist Tom ganz schlimm verwundet.

„Du siehst aus wie im Fernsehen", sagt Ferdinand. „Wenn irgendwo Krieg ist." Ferdinand tut so, als hätte er ein Mikrophon in der Hand. Er hält Tom seinen Löffel unter die Nase. „Sagen Sie, Verwundeter", fragt er, „WAS GEHT JETZT IN IHNEN VOR?"

„Bix", sagt Tom.

Sie schweigen eine Weile. Tina ist noch nicht zufrieden. „Da muß mehr Blut drauf", sagt sie.

Sie überlegen. Wie kommt man an Blut?

Tom hat ein Geschirrtuch um den Kopf. Ein Geschirrtuch um den Arm. Ein Geschirrtuch um den Fuß. Ein Geschirrtuch um das Knie. Er ist überall verwundet.

„Ich weiß was", sagt Tina. Sie steht auf einem Bein und hat die Augen zu. „Blut machen die mit Ketchup."

„Waaas?" fragt Ferdinand. Er steckt seinen Löffel in den Mund.

„Ketchup, aus einer Flasche", sagt Tina. „Wartet mal!" Sie rennt nach Hause und kommt mit einer Flasche Tomatenketchup zurück.

„Ach das", sagt Ferdinand.

Blut II

Tina schraubt den Deckel von der Flasche. Sie hält die Flasche über Toms Kopf.

„Was machst du?" schreit Tom. Er versucht, mit seinem dicken Fuß wegzuhumpeln.

„Bleib stehn!" sagt Tina. „Ich mach Blut auf deinen Verband."

„Ach so", sagt Tom. Er bleibt brav stehen.

Die Flasche gibt ein schmatzendes Geräusch von sich. Dann kommt ein roter Brei herausgeblubbert. Der platscht auf das Geschirrtuch. Und auf Toms Haar.

Tina und Ferdinand sehen Tom an. Sie sind sprachlos. Tom sieht schrecklich aus mit dem Blut auf seinem Kopf.

Ferdinand guckt auf seinen Löffel. „Ich kann kein Blut sehen", flüstert er.

„Das ist noch lange nicht genug", sagt Tina. „Da muß überall Blut hin."

Tina kippt Ketchup auf Toms Arm. Dann auf sein Knie. Dann auf seinen Fuß.

Es sieht gräßlich aus. Es sieht aus, als ob Tom einen schrecklichen Unfall gehabt hätte.

„So", sagt Tina. „So ist es gut. Jetzt stirbt er schon fast, findest du nicht?"

Ferdinand riskiert einen kurzen Blick. Er hat ein komisches Gefühl im Bauch.

„Was machen wir jetzt?" fragt Tom. Er befühlt seinen Kopf. Dann leckt er seine Finger ab.

„Wir bringen dich ins Krankenhaus", sagt Tina. „Dann wirst du operiert. Und dann stirbst du."

„Quatsch", sagt Ferdinand. „Stimmt gar nicht. Vielleicht muß nur ein Bein ab oder so."

„Oh", sagt Tom. Er fummelt an dem klebrigen Geschirrtuch herum, das um sein Knie gewickelt ist. „Ich will nicht ins Krankenhaus."

„Du hast ja Angst", lacht Tina hämisch. „Du hast bestimmt auch Angst vorm Friseur!"

„Ich hab keine Angst vorm Friseur!" schreit Tom. „Ich *kann* nicht ins Krankenhaus."

„Wieso nicht?" fragt Tina.

„Siehst du das nicht?" fragt Tom. „Ich bin lebens-
fährlich verwundet. Ich kann doch gar nicht
laufen!"

„Er hat recht", sagt Ferdinand ernst. „Verwundete
können nicht ins Krankenhaus laufen."

Sie denken nach. Was sollen sie da machen?

„Ich weiß was!" schreit Tina auf einmal. „Wir
machen so'n Ding, wo man drauf liegen kann."

„Eine Tragbahre?" fragt Ferdinand.

„Ich muß nach Hause", stöhnt Tom.

„Nach Hause gibt's nicht", sagt Tina im Befehls-
ton, „du bist verwundet."

Tina packt Tom am Arm und zieht ihn mit.

Ferdinand läuft hinterher. „Wenn er aber nicht
will", sagt er leise.

„Verwundete wollen *immer*", sagt Tina.

Sie bleibt vor einem Haus stehen, das umgebaut
wird. Auf dem Gehweg liegen Bretter.

Tom muß sich auf ein Brett legen.

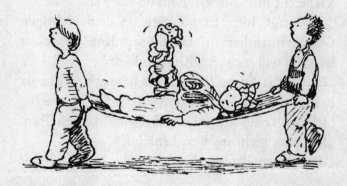

Tina und Ferdinand tragen ihn. Nur ein kleines Stück, denn er ist ganz schön schwer. Dann kippelt das Brett. Tom knallt auf die Steine. Er bleibt regungslos liegen. „Ich möchte auf einer einsamen Insel sein", sagt er. „Wo es nur Tiere gibt."

„Danke!" sagt Tina böse. „Du willst uns wohl loswerden, was?"

„Ja", sagt Tom. Er steht auf. „Affen und Papageien mag ich lieber."

Er zieht das Geschirrtuch von seinem Kopf und humpelt nach Hause.

Immer was

„Was ist los?" fragt Ferdinand.

„Nix", sagt Tom. Er sitzt auf einer Mauer und läßt den Kopf hängen.

„Bist du hingefallen?" fragt Ferdinand.

„Nein!" ruft Tom. Er hat Tränen in den Augen.

„Oh", sagt Ferdinand. Dann sagt er nichts mehr. Er probiert, ein Liedchen zu pfeifen. Aber er weiß nicht, was für eins. Und er kann nicht pfeifen.

„Meine Mutter ist böse", sagt Tom.

„Oh", sagt Ferdinand.

„Auf meinen Sachen waren lauter rote Flecken",
erklärt Tom. „Vom Ketchup."

„Ja", sagt Ferdinand, „das hab ich gesehn."

Tom schaut in den Himmel. Da fliegen Düsen-
jäger. Sie ziehen weiße Streifen hinter sich her.

Ein Mann kommt vorbei. Er hat einen Bart, aber
sein Kopf ist kahl.

„Hallo!" ruft Tom. „Ihr Haar ist runtergerutscht!"

Der Mann bleibt stehen.

Ferdinand erschrickt. Er guckt mitten in den Bart.

Der Bart geht auf.

„Junge", sagt der Bart, „mein Haar ist nicht runtergerutscht, es ist auf dem Weg nach oben."

„Ja", sagt Ferdinand eingeschüchtert, „das stimmt, Tom. Das sieht man."

Der Mann mit dem Bart geht zufrieden weiter.

„Die haben aber auch immer was", murmelt Ferdinand.

„Die verstehen keinen Spaß", sagt Tom.

Jetzt kommt eine Frau vorbei. Hinter ihr trippelt ein Hündchen. Das Hündchen hockt sich hin und macht eine dicke Wurst.

„Nichts sagen, Tom!" sagt Ferdinand mit piepsiger Stimme. „Halt bloß den Mund!"

Die Frau und das Hündchen laufen weiter. Die Wurst dampft.

„Es brennt, es brennt!" schreit Ferdinand auf einmal.

Die Frau zuckt zusammen. Sie schaut sich um. Ferdinand zeigt auf die dampfende Wurst.

Tom hält sich die Hand vor den Mund und prustet vor Lachen.

Die Frau setzt eine vornehme Miene auf. Sie zerrt an der Leine und geht weiter.

„Jetzt hast du es selber gemacht", kichert Tom.

„Ach", sagt Ferdinand verlegen, „das ist mir so rausgerutscht."

Am Ende der Straße sieht man Tina auf ihrem Fahrrad ankommen. Sie fährt nicht normal.

Sie tritt die Pedale nur mit einem Bein. Das andere Bein liegt auf dem Lenker.

„Hallo", ruft Tina, als sie näherkommt. Sie legt jetzt auch das andere Bein auf den Lenker. Die Pedale drehen sich wie Windmühlenflügel.

„Die spinnt", sagt Ferdinand.

Am anderen Ende der Straße dreht Tina um. Sie fährt jetzt ziemlich normal. Mit beiden Beinen, aber dafür freihändig. Sie wedelt mit den Armen, als ob sie fliegen würde.

Bei Tom und Ferdinand steigt sie ab. „Wißt ihr, wozu ich Lust hab?" keucht sie. „Zum Verlaufen." Tom und Ferdinand sehen sich an. „Plemplem!" sagt Tom.

„Wenn wir zum Beispiel mit der Straßenbahn fahren", sagt Tina. „Und dann fahren wir ganz weit. Und dann finden wir nicht mehr zurück."

Ferdinand schüttelt den Kopf. „Das ist ein blöder Plan", sagt er. „Dann fährt man einfach mit der gleichen Straßenbahn wieder zurück."

Tina denkt nach. Vor lauter Nachdenken hat sie Falten auf der Stirn. „Du hast aber auch immer was", sagt sie böse.

Alle drei denken sie über das Verlaufen nach. Es hört sich spannend an, aber wie macht man das?

Der Frosch

Tom hat einen Eimer. Der Eimer stinkt. Es ist schwarzes Wasser drin.

„Iii", sagt Tina. Sie verzieht das Gesicht. Tom stellt den Eimer ab. Er taucht die Hand hinein. Die Hand wird schwarz.

„Warum machst du das, du Ferkel?" fragt Tina.

„Ich such den Frosch", sagt Tom. „Er ist aus einem Teich im Stadtpark."

„Igitt", sagt Tina. „Ich find Frösche eklig."

„Warum?" fragt Tom. Er rührt mit der Hand in der Schlammbrühe herum.

„Weil sie glitschig sind", sagt Tina. „Und weil sie kein Fell haben. Und solche Glupschaugen."

Tom kann den Frosch nicht finden. Sein Ärmel ist schon ganz schwarz. Er stinkt nach Schlamm.

„Er ist rausgesprungen", sagt Tina.

Tom hält den Eimer schräg. Ein bißchen Wasser läuft über den Gehweg. „Ich finde überhaupt kein Tier eklig", sagt er.

„Wirklich?" fragt Tina. „Auch Würmer nicht?"

„Natürlich nicht", sagt Tom.

„Und Spinnen?" Tina rümpft die Nase.

31

„Nö, überhaupt nicht", sagt Tom. „Spinnen sind nie eklig."

„Aber scheußlich!" ruft Tina. „Die sind doch scheußlich!"

Tom schüttelt den Kopf. Er steckt einen schwarzen Finger in den Mund.

„Igittigitt." Tina schüttelt sich. „Jetzt kriegst du die Dreckbrühe auch noch in den Mund!"

„Ah, da ist er!" ruft Tom. Er angelt einen grünen Frosch aus dem Eimer und setzt ihn auf den Gehweg.

Der Frosch glänzt in der Sonne. Seine Augen schimmern wie Gold. Er hat richtige Hände und Füße.

Tina geht in die Hocke. „Er ist gar nicht soo eklig", sagt sie.

„Er ist schön", sagt Tom.

Tina denkt nach. „Ja, ein bißchen schön ist er", sagt sie, „er ist nämlich gar nicht glitschig. Er ist nur naß."

Tom nickt.

Plötzlich fällt ein Schatten auf den Frosch. Tom und Tina schauen auf. Ein Mann und eine Frau stehen vor ihnen. Sie gucken sich den Frosch an.

„Das kriegt man auch nicht oft zu sehen", sagt der Mann, „so einen Frosch mitten in der Stadt."

Immer mehr Leute bleiben stehen. Der Frosch guckt mit einem Auge nach oben.

„Du setzt ihn doch wohl wieder ins Wasser zurück?" fragt eine Frau.

„'türlich", sagt Tom.

„Noch nicht", sagt Tina. „Erst noch gucken."

„Mach ihn ein bißchen naß", sagt ein alter Mann mit einem Stock. „Sonst trocknet er aus."

Tom schöpft mit der Hand etwas Wasser aus dem Eimer. Er kippt es dem Frosch über den Rücken. Der Frosch blinzelt zufrieden mit seinen Glupschaugen. Dann macht er einen Satz. Auf einen Schuh. Tina schreit erschrocken auf.

„Nicht bewegen!" ruft der Mann, zu dem der Schuh gehört. „Sonst treten wir noch auf ihn."

Keiner rührt sich vom Fleck.

Tom schleicht sich an den Frosch heran und versucht ihn zu greifen. Aber er greift daneben. Der Frosch macht noch einen Satz. Er landet in einem Gewirr von Beinen.

„Nicht bewegen, nicht bewegen!" ruft der Mann wieder.

Die Menschen sehen aus wie Standbilder, so still stehen sie da.

Tom kriecht zwischen den Beinen hindurch. Der Frosch sieht ihn nicht. Patsch! Tom hat ihn.

„Gut", sagt Tina aufgeregt. „Schnell in den Eimer mit ihm!"

Tom setzt den Frosch in den Eimer.

Die Leute gehen weiter.

Der alte Mann mit dem Stock wirft noch einen Blick in den Eimer.

„Frösche", sagt er, „das sind Wassermenschen."

Tom und Tina schauen dem alten Mann nach. Sein Stock macht tick-tick auf dem Pflaster.

„Komm", sagt Tom. „Ich bring ihn zurück."

Verlaufen

Tina, Tom und Ferdinand sind unterwegs. Sie gehen über eine Brücke. Tom und Ferdinand laufen auf dem Gehweg. Tina läuft auf der falschen Seite vom Brückengeländer. Sie balanciert am Rand entlang. Hoch über dem schwarzen Wasser.

„Mensch Tina, jetzt komm!" ruft Ferdinand.

Sie sind schon am Ende der Brücke, aber Tina ist erst auf der Hälfte.

„Jetzt komm doch endlich!" ruft Ferdinand. „So verlaufen wir uns nie!"

Jetzt ist Tina auch am Ende der Brücke. Sie klettert über das Geländer. „So", sagt sie. „Wenn ich runtergefallen wäre, wär ich bestimmt hinübergewesen."

Tom zieht ein schmutziges Taschentuch aus der Tasche. Es ist voller Sand.

Tom putzt sich die Nase. „Haben wir uns schon verlaufen?" fragt er.

„Natürlich nicht, du Dussel", sagt Tina.

„Verlaufen ist, wenn man nicht mehr weiß, wie man nach Hause kommt", erklärt Ferdinand.

Tina macht die Augen zu. Sie streckt die Arme nach vorn. „Wenn man nichts sieht, verläuft man sich viel schneller", sagt sie.

Das stimmt. Wenn man guckt, merkt man sich die Straßen. Dann verläuft man sich nicht so leicht.

Sie machen alle ihre Augen zu. Boing! Tom rennt prompt gegen einen Laternenpfahl. Ferdinand traut sich kaum noch zu laufen. Nur Tina merkt man nicht an, daß sie die Augen zu hat.

„So geht es nicht", sagt Ferdinand. „So trau ich mich nicht über die Straße."

Sie denken nach. Wie kann man sich am besten verlaufen?

„Einer muß seine Augen aufbehalten", sagt Tina,

„und die anderen machen die Augen zu, und dann fassen wir uns an. Dann sehen wir nicht, wo wir hinlaufen."

„Außer dem einen", sagt Ferdinand. „Der hat ja seine Augen offen."

„Wir wechseln uns ab", sagt Tina. „Okay?"

So machen sie es. Nur Tina darf gucken. Sie zieht die anderen hinter sich her.

Das sieht komisch aus. Die Leute drehen sich nach ihnen um.

Tina biegt um eine Ecke. Sie überquert eine Straße. Es ist eine breite Straße. Alles dauert lange, wenn man nicht gucken darf.

„Jetzt Ferdinand", sagt Tina.

Ferdinand macht die Augen auf. Er guckt sich um.

„Ich weiß nicht mehr, wo ich bin", sagt er. „Haben wir uns schon verlaufen?"

„Noch lange nicht", sagt Tina. „Los, weiter!"

Sie gehen weiter. Jetzt führt Ferdinand die Schlange an. Er überquert einen Platz. Er biegt in eine neue Straße ein.

Jetzt ist Tom an der Reihe.

„Wir sind weit weg", sagt Tom. „Hier bin ich noch nie gewesen."

„Das ist ja gerade das Tolle", sagt Tina. „Los, mach! Ich will gleich auch noch mal."

Tom geht los.

Ein paar fremde Kinder kommen ihnen entgegen.

36

Sie bleiben stehen und lachen über die drei. „Die kommen bestimmt aus der Irrenanstalt", schreit ein Junge mit Igelschnitt.

„Ich glaub, das ist ein Theaterstück", sagt ein Mädchen.

„Falsch!" ruft Tina, ohne die Augen aufzumachen. „Wir sind dabei, uns zu verlaufen!"

„Ach so", sagt das Mädchen.

„Siehst du", sagt der Igel. „Total plemplem."

Die drei ziehen weiter.

Tina darf führen. Sie biegt links ab und rechts ab und wieder links ab. Das Verlaufen scheint kein Ende zu nehmen.

„Halt!" sagt Tina endlich. „Jetzt dürft ihr eure Augen aufmachen. Jetzt haben wir uns verlaufen."

Sie machen die Augen auf. Ja, sie haben sich verlaufen. Sie sind so weit weg von zu Hause, daß sie sich wie im Ausland vorkommen. Die Häuser sind fremd. Die Menschen sehen merkwürdig aus. Die Bäume sind dicke Riesen.

„Haben wir uns nicht ein bißchen zu sehr verlaufen?" flüstert Ferdinand.

„Ja, prima, was?" ruft Tina. Ihre Stimme hallt durch die fremde Straße.

Sie kriegt keine Antwort.

Der Möbelwagen

Sie haben sich verlaufen. Tina hüpft wie ein Kaninchen durch die fremde Straße. Tom und Ferdinand laufen hinter ihr her.

„Meine Oma ist blind", sagt Tina. „Aber trotzdem findet sie sich überall zurecht."

„Weil sie einen Hund hat", sagt Ferdinand.

„Ich hab Hunger", sagt Tom. Er popelt in der Nase. Dann betrachtet er seinen Finger.

„Toll, was?" ruft Tina. „So gut hat sich noch keiner verlaufen."

„Ja", sagt Ferdinand. „Aber jetzt gehen wir wieder zurück."

Tina bleibt stehen. Sie sieht Ferdinand erstaunt an. „Jetzt schon?" fragt sie. „Wir haben uns doch eben erst verlaufen!"

„Ich hab Hunger", sagt Tom.

„Man braucht sich nicht so lange zu verlaufen", sagt Ferdinand. „Wenn Kinder sich verlaufen, dauert das immer nur ganz kurz."

„Das ist mir neu", sagt Tina. „Wenn *ich* mich verlaufe, dauert das extra lange."

Sie schweigen. Dann hören sie ein unheimliches Geräusch. Es klingt, als ob jemand kreischen würde.

„Das ist nichts Schlimmes", sagt Tina. „Das ist eine Säge."

„Ich will nach Hause", sagt Tom.

Auf der Straße steht ein Möbelwagen. Männer heben Kisten aus einem Fenster. Sie tragen die Kisten in den Möbelwagen.

„Kommt!" sagt Tina.

Bei dem Möbelwagen bleiben sie stehen.

GERARD BAKKER
FÜR IHREN UMZUG
HILVERSUM

steht auf dem Möbelwagen.

Sie gucken den Möbelpackern zu. Es sind große Männer mit dicken Muskeln.

„Wir kriechen heimlich in den Wagen", flüstert Tina. „Wenn die Männer nicht hingucken."

Tom und Ferdinand sehen sie erschrocken an. Ist Tina verrückt geworden?

„Mach keinen Quatsch!" sagt Ferdinand. Er ist ganz bleich geworden. „Dann kommen wir doch nach Hilversum!"

„Ja, ist das nicht toll?" flüstert Tina. „Dann haben wir uns erst wirklich verlaufen!"

„Ohne mich", sagt Ferdinand.

„Ich hab Durst", sagt Tom.

Die Möbelpacker sind fast fertig. Sie rauchen eine Zigarette. Dabei unterhalten sie sich lachend.

„Jetzt!" flüstert Tina. „Sie gucken nicht." Tina klettert in den Möbelwagen. Sie krabbelt über die Kisten. Dann ist sie verschwunden. Tom und Ferdinand spähen in den Wagen.

„Tina!" ruft Ferdinand. „Komm raus! Er fährt gleich weg!"

Sie horchen, aber Tina antwortet nicht.

Die Möbelpacker kommen. „So, Ende der Vorstellung!" sagt einer von ihnen. Er macht die Türen des Möbelwagens zu. „Geht mal da weg, Jungs!" sagt er. „Wir müssen zurücksetzen."

Tom und Ferdinand stellen sich auf den Gehweg. Der Möbelwagen setzt ein kleines Stück zurück. Dann fährt er vorwärts, die Straße entlang. Er verschwindet um die Ecke.

„Tschüs Tina!" sagt Ferdinand. Er winkt ein bißchen.

„Die kommt nie wieder", sagt Tom. „Ich will nach Hause."

Eine Katastrophe

Na, das ist vielleicht ein Ding!
Tom und Ferdinand haben sich verlaufen. Tina ist auf dem Weg nach Hilversum. Das ist wirklich schlimm. Das ist vielleicht sogar eine Katastrophe. Ferdinand weint. Er kann nichts dagegen machen. Tom hat nur Hunger. Er ist Katastrophen gewöhnt. Er hat jeden Tag blutige Knie.
„Was sollen wir jetzt machen?" piepst Ferdinand.
„Nach Hause gehn", sagt Tom.
Ja, sie müssen nach Hause. Aber wie? Das ist es ja gerade. Sie haben sich verlaufen.
„Wir gehen einfach drauflos", sagt Tom. „Dann kommen wir schon irgendwohin."
Sie laufen und laufen. Aber sie kommen nirgendwohin. Überall ist Ausland.
Komisch, daß es soviel Ausland gibt.
Besonders schön ist es hier nicht. Man kann sich gar nicht vorstellen, daß die Leute hier wohnen wollen.
„Sollen wir mal nach dem Weg fragen?" sagt Ferdinand.
„Ich weiß nicht", sagt Tom.

„Die Frau da sieht nett aus", sagt Ferdinand. Er zeigt auf eine Frau mit einer großen Einkaufstasche.

Sie mustern die Frau. Sie sieht nett aus. Aber man kann nie wissen. Vielleicht ist sie ein gemeiner Verbrecher. Oder die Frau von einem gemeinen Verbrecher. Oder seine Mutter. Oder seine Schwester.

„Komm", sagt Tom, „ich hab Hunger."

Sie laufen weiter.

Sie kommen in eine breite Straße mit vielen Geschäften. Da fährt eine Straßenbahn mit einer komischen Nummer. Der Metzger heißt D. Dopjes und der Bäcker P. Puck.

Sie bleiben vor der Bäckerei Puck stehen. Da riecht es lecker.

„Wir können drinnen nach dem Weg fragen", sagt Ferdinand.

„Ja", sagt Tom, denn ein Bäcker kann unmöglich ein gemeiner Verbrecher sein. Dafür haben Bäcker viel zuviel zu tun.

Sie gehen in den Laden. Mmh, riecht es hier lecker! Jetzt merkt Ferdinand, daß er auch Hunger hat.

Hinter dem Ladentisch stehen ein Mann und eine Frau. Sie haben weiße Kittel an, wie Ärzte. Das sind Herr und Frau Puck.

„Was darf es sein?" fragt Frau Puck.

Ferdinand denkt nach. Das ist eine komische, aus-
ländische Frage.

„Was-darf-es-sein", flüstert er.

„Es darf nichts sein", sagt er laut, „wir haben uns
nämlich verlaufen."

„Ach du lieber Himmel!" sagt Frau Puck. „Hast
du das gehört, Piet? Diese Knirpse haben sich verlaufen."

Knirpse! Frau Puck kann noch nicht mal zwischen
Knirpsen und ausgewachsenen Kindern unter-
scheiden!

„Heiliger Strohsack!" sagt Herr Puck. „Da habt
ihr doch bestimmt Hunger?"

Das hat Bäcker Puck gut erraten.

„Ein bißchen schon", sagt Ferdinand verlegen.

„Ganz doll", sagt Tom.

„Na, dann kommt mal mit", sagt Frau Puck.

Sie gehen um den Ladentisch herum in ein Zimmer hinter dem Laden.

Dort kriegen sie ein süßes Brötchen mit viel
Butter.

Das schmeckt lecker.

„Nach Hause bringen können wir euch nicht",
sagt Frau Puck. „Im Laden ist zuviel zu tun. Aber
ich kann eure Eltern anrufen."

„Gut", sagt Ferdinand. „Ich weiß unsere Telefonnummer."

Frau Puck wählt die Nummer. Sie kriegt Ferdinands Vater an den Apparat. Sie erzählt, wo Tom und Ferdinand sind. Dann hält sie Ferdinand den Hörer hin. „Hier, du Schlawiner", sagt sie. „Dein Vater."

Ferdinand nimmt den Hörer. „Hallo, Papa", sagt er. „Wir haben uns verlaufen."

Ferdinands Vater sagt etwas.

„Nein, Papa, Tina ist nicht hier, Tina ist nämlich nach Hilversum."

Ferdinands Vater sagt wieder etwas.

„Ja, Papa, nach Hilversum, Papa", sagt Ferdinand. „Das fand sie toll."

Ferdinands Vater sagt etwas Langes.

„Ich konnte es dir nicht sagen, Papa, wir hatten uns doch verlaufen", sagt Ferdinand. „Ja, gut Papa, tschüs Papa!"

Ferdinand legt den Hörer auf. „Mein Vater kommt uns holen. Tinas Vater kommt auch mit. Sie sind böse."

„Das renkt sich schon wieder ein", sagt Frau Puck. „Wollt ihr noch ein Brötchen?"

Aber nur Tom hat noch Hunger.

Der Wasserturm

Tina sitzt im Möbelwagen. Da drin ist es stockdunkel. Alles klappert und scheppert.
Sie ist auf Reisen. Der Möbelwagen fährt und fährt. Es dauert lange.
Es dauert länger, als es Tina lieb ist. Aber sie kann nichts dagegen machen. Der Wagen hält nicht, und die Türen sind abgeschlossen.
Sie hat gar nicht gewußt, daß Hilversum so weit weg ist. Mindestens tausend Kilometer.
Sie langweilt sich. Im Dunkeln kann man nicht viel machen. Darum denkt sie sich ein Lied aus.
Sie singt:

„Auf dem Weg nach Hilversum
fährt ein Auto, brumm, brumm, brumm."

Toll! Das klingt gut. Aber jetzt? Was reimt sich noch auf „sum"?

„Auf dem Weg nach Hilversum
liegt ein Kaugummi herum,
kommt ein Lastwagen daher,
klebt darauf fest und bewegt sich nicht mehr."

Mann, das ist ein schönes Lied!
Tina singt es, so laut sie kann. Sie trommelt dabei

auf einer Kiste herum. Es klingt, als ob das Radio an wäre. So schön ist es.

„Auf dem Weg nach Hilversant
läuft ein dicker Elefant,
der Elefant kippt plötzlich um,
und weg ist der Weg nach Hilversum."

Mannomann, was für ein umwerfendes Lied! Kaum zu glauben, daß sie es sich selbst ausgedacht hat.

Sind sie immer noch nicht in Hilversem, äh Hilversim?

Nein, sie sind noch nicht da.

Ach, wie langweilig!

Was jetzt?

„Vielleicht ist was Schönes in den Kisten", sagt sie laut. Das könnte sein. Nur schade, daß es so dunkel ist. Sie macht eine Kiste auf und fühlt, was drin ist. Lauter Papierknubbel. Tina packt einen Papierknubbel aus.

„Ha", sagt sie, „das ist eine Tasse." Sie kann den Henkel fühlen.

Tina grabbelt noch mal in der Kiste. Sie packt noch einen Papierknubbel aus. „Das ist eine Untertasse", sagt sie.

Ein lustiges Spiel ist das.

Sie stellt die Tassen und die Untertassen, das Milchkännchen und eine Schale auf den Deckel von einer anderen Kiste.

Es wird ein ganzes Service. Die Tassen klirren fröhlich auf ihren Untertassen.

Tina nimmt ein paar größere Sachen aus der Kiste. Das sind Schüsseln mit Deckel. Und Teller und Suppentassen. Prima! Es wird langsam voll.

„Mal sehn, ob ich im Dunkeln stapeln kann", sagt Tina. Sie nimmt eine Tasse mit Untertasse. Auf die Tasse stellt sie eine Untertasse. Auf die Untertasse wieder eine Tasse. Dann wieder eine Untertasse. Immer abwechselnd. Es wird ein hoher Turm.

„Jetzt muß noch was Schönes obendrauf", sagt sie. Ein Stapel Suppentassen? Oder ein Teller? Sie nimmt eine Suppenschüssel mit Deckel und stellt sie vorsichtig auf den Turm. Sie befühlt das Ganze. Es ist wie ein Wasserturm.

Aber o Schreck, was ist denn jetzt los?!

Der Möbelwagen bremst scharf.

Der Wasserturm fliegt in Einzelteilen durch die Luft. Die Tassen zerschellen an der Wand. Die Schüssel fällt irgendwo in tausend Stücke.

Auch die Teller, die Suppentassen und das Milchkännchen sind verschwunden. Puh, Tina hat einen ganz schönen Schrecken gekriegt. Das Herz klopft ihr bis zum Hals.

Der Möbelwagen hält an.

Ein Möbelpacker ruft etwas. Die Türen gehen auf. Tina blinzelt in das helle Licht. Der Möbelpacker springt in den Wagen. Direkt vor Tina bleibt er stehen.

„Ich glaub, mich laust der Affe! Wen haben wir denn da?" ruft er aus.

„Mich", sagt Tina.

Stolz

Zwei Männer stürmen in den Laden von Bäcker Puck. Das sind die Väter von Tina und Ferdinand. Der Vater von Ferdinand ist ein normaler Mann. Er hat einen richtigen Anzug an.

Der Vater von Tina ist ein moderner Mann. Er trägt einen komischen Pullover.

Aber alle beide sind schon ein bißchen kahl auf dem Kopf. Und sie haben beide gleich rote Gesichter.

„Was zum Donnerwetter habt ihr jetzt wieder ausgefressen?" ruft Ferdinands Vater.

„Sie haben sich verlaufen", sagt Frau Puck. „Möchten Sie Kaffee oder Tee?"

Tinas Vater und Ferdinands Vater sehen sich an.

„Äh, für mich bitte Kaffee", sagt Tinas Vater.

Ferdinands Vater macht ein vorwurfsvolles Gesicht. „Ich begreif nicht, wie du überhaupt noch was runterkriegen kannst", sagt er.

Tinas Vater zuckt die Schultern. „Tina fällt immer auf ihre Pfoten", brummt er.

„Das ist bei Katzen", sagt Tom.

„Menschen haben keine Pfoten", sagt Ferdinand.

Tinas Vater kriegt Kaffee.

„Ein Brötchen dazu?" fragt Frau Puck.

„Gerne", sagt Tinas Vater. „Sehr nett von Ihnen."

„Ich möchte nichts, vielen Dank", sagt Ferdinands Vater. Er zündet seine Pfeife an. „Wir müssen die Polizei benachrichtigen."

„Ach was", sagt Tinas Vater. „Tina ist doch noch gar nicht lange unterwegs. Mit deinem schnellen Wagen holen wir sie locker ein."

„Aber dann müssen wir sofort los!" sagt Ferdinands Vater. Er springt auf. Vor seinem Gesicht hängt eine Rauchwolke.

„Hier ist Ihr Brötchen", sagt Frau Puck.

Tinas Vater beißt in das Brötchen. „Bielen Bank!" sagt er.

„Wir fahren jetzt", sagt Ferdinands Vater. „Frau Puckel, ich danke Ihnen vielmals für Ihre Hilfe."

„Nichts zu danken", sagt Frau Puck.

„Sie heißt Frau Puck, Papa", flüstert Ferdinand.

„Ach du meine Güte, ich hoffe, Sie sind mir nicht böse, Frau Buck", sagt Ferdinands Vater. „Aber jetzt müssen wir wirklich los. Kommt Kinder!"

„Auf Wiedersehen, Kinder!" sagt Frau Puck. „Und wenn ihr euch noch mal verlaufen solltet, dann kommt ruhig zu uns herein."

Tom und Ferdinand müssen hinten ins Auto. Die beiden Väter steigen vorne ein.

„Drück auf die Tube!" sagt Tinas Vater. Er hat Krümel auf dem Pullover.

„Hier darf man nur fünfzig", sagt Ferdinands Vater nervös.

Aber als sie aus der Stadt heraus sind, tritt Ferdinands Vater das Gaspedal durch.

„Hundertzwanzig!" ruft Ferdinand.

„Zweihunderttausend!" schreit Tom. Der kann nämlich noch nicht lesen.

Sie fahren unheimlich schnell. Sie schießen an allen anderen Autos vorüber. Fast so, als würden sie fliegen.

„Paßt gut auf!" ruft Ferdinands Vater. „Daß uns der Möbelwagen nicht entgeht."

Sie überholen jede Menge Lastwagen, aber ein Möbelwagen ist nicht dabei.

Tinas Vater grinst.

„Ich begreif nicht, daß du noch so fröhlich sein kannst", sagt Ferdinands Vater. „Es geht um deine Tochter."

„Jahaha", lacht Tinas Vater, „ein schreckliches Kind, was? Ich sag dir: Dreimal ist sie schon fast ertrunken. Einmal ist sie vom Dach gefallen. Mindestens siebenundneunzigmal war sie verschwunden. Ich mach mich nicht mehr verrückt."

„So ein Kind ist eine Strafe", brummt Ferdinands Vater. Er hupt böse, weil ein Auto ihn nicht vorbeilassen will.

„Ich bin stolz auf sie", sagt Tinas Vater.

Eine Rakete

„Komm mal raus da!" sagt der Möbelpacker.

Tina klettert über die Kisten aus dem Möbelwagen heraus.

Da steht der andere Möbelpacker und macht ein böses Gesicht.

„Dich hab ich doch schon mal gesehen", sagt er.

„Stimmt, Kees", sagt der erste Möbelpacker. „Das Herzchen stand in Amsterdam beim Wagen herum."

„Und was machen wir jetzt, Karel?" fragt Kees. „Das halbe Geschirr ist zum Teufel."

Karel zuckt die Achseln. Er dreht sich eine Zigarette.

„Wo wohnst du denn in Amsterdam?" fragt Kees.

„In der Helmersstraat", sagt Tina.

Karel seufzt. Er zieht an seiner Zigarette. „Wir müssen zurück, Kees", sagt er.

„So weit kommt das noch!" sagt Kees. „Wie alt bist du?" fragt er.

„Neun", sagt Tina.

„Du lügst", sagt Karel. „Du bist sechs, höchstens sieben."

„Weißt du eure Telefonnummer?" fragt Kees.

„Wir haben kein Telefon", sagt Tina.

Karel seufzt jetzt sehr tief. „Du lügst wie gedruckt", sagt er müde. „Wir müssen wirklich zurück, Kees."

„Kommt gar nicht in die Tüte", sagt Kees. „Ich bring sie zur Polizei."

„Nein!" schreit Tina. „Ich will nicht zur Polizei!"

Kees und Karel sehen sich erschrocken an.

„Oh", sagt Kees.

„Tja", sagt Karel. „Hast du vielleicht eine bessere Idee?"

„Ich geh zu meiner Oma", sagt Tina. „Die wohnt in Hilversum."

„Du lügst", sagt Karel.

„Wo wohnt sie denn in Hilversum?" fragt Kees.

„Sag ich nicht", sagt Tina.

„Und wenn wir sie..." beginnt Kees. Er flüstert Karel etwas ins Ohr.

Karel schüttelt den Kopf. „Dafür ist sie noch zu klein."

„Wofür?" fragt Tina.

„Hast du eine bessere Idee?" fragt Kees.

Karel denkt nach. „Nein", sagt er.

„Okay", sagt Kees. „Komm." Er bringt Tina nach vorne und hebt sie in die Fahrerkabine. Er setzt sich neben sie. Karel klettert hinter das Lenkrad.

Sie stehen auf einem Parkplatz an der Autobahn. Karel gibt Gas. Der Motor heult auf. Kurz bevor sie auf die Autobahn fahren, kommt ein schnelles Auto an. Es schießt wie eine Rakete an ihnen vorbei.

„He", sagt Tina verwundert. „Das ist ja witzig."

„Was ist witzig?" fragt Karel.

Tina zeigt auf die Straße. „In dem Auto sitzt mein Vater."

Kees zuckt die Achseln. Er seufzt. „Du lügst", sagt er.

„Ich hab ihn an seinem Pullover erkannt!" schreit Tina böse.

„Den hat ihm wohl deine Oma gestrickt?" fragt Karel.

„Nein!" sagt Tina patzig. „Meine Oma ist blind."

Kees und Karel zucken beide mit den Schultern.

Man sieht ihnen an, was sie denken.

Tina starrt böse auf die Straße.

Sie hat was gegen Menschen, die ihr nicht glauben.

Sie sagt nichts mehr.

Sie weiß ganz genau, daß ihr Vater in dem Auto saß. In dem Auto von Ferdinands Vater.

Die suchen sie.

Aber die werden sie nicht kriegen! O nein! Dafür wird sie schon sorgen.

Tina kichert. „Hihihi!" übertönt ihr Kichern das Gedröhn des Motors.

Kees und Karel sehen sich an. Sie seufzen tief.

Elefanten

„So kommen wir nicht weiter", sagt Ferdinands Vater in Hilversum. Er hat gerade von einer Telefonzelle aus zu Hause angerufen. „Wir setzen euch in den Zug nach Amsterdam. Meine Frau holt euch am Hauptbahnhof ab."

„Seine Frau, das ist meine Mutter", erklärt Ferdinand.

„Und wir gehen zur Polizei", sagt Tinas Vater. Er sieht jetzt doch ein bißchen beunruhigt aus.

„Wenn er bloß nicht zischt", sagt Tom.

„Wer zischt?" fragt Ferdinands Vater.

„Der Zug, ich hab Angst, wenn der Zug zischt", sagt Tom.

„Der Zug zischt nicht", sagt Ferdinands Vater.

„Die Türen auch nicht?" fragt Tom.

„Die zischen ganz leise", sagt Tinas Vater, „also brauchst du auch nur ein kleines bißchen Angst zu haben."

„Ach wo", sagt Ferdinands Vater. „Tom braucht überhaupt keine Angst zu haben, Tom ist doch schon ein großer Junge."

„Ich bin erst fünf!" jammert Tom.

„Läßt sich nicht ändern", sagt Tinas Vater, „mußt eben aufpassen, wo du hinläufst."

Sie kaufen am Schalter Fahrkarten. Eine für Tom und eine für Ferdinand.

Sie gehen alle vier auf den Bahnsteig. „Wenn er bloß nicht zischt", stöhnt Tom. Er steckt einen Finger in den Mund.

„Stell dich nicht so an!" zischt Ferdinand. „Denk lieber mal an Tina, die hat sich so doll verlaufen, daß sie vielleicht nie mehr zurückkommt."

Gegenüber ist noch ein Bahnsteig. Da fährt gerade ein langer Zug ein. Es ist ein Zug mit fensterlosen Waggons. Er quietscht und ächzt beim Bremsen. Dann springen Männer heraus, die einander etwas zurufen. Sie schieben die Waggontüren auf und legen Laufbretter von den Waggons zum Bahnsteig.

„Was gibt denn das?" fragt Ferdinands Vater.

„Elefanten", sagt Tinas Vater.

„Wie bitte?" fragt Ferdinands Vater. Er schaut verwirrt zu dem Zug auf der anderen Seite hinüber.

Tatsächlich. Im Dunkel des Waggons sieht man einen Rüssel hin- und herschwingen. Kurz danach kommt der ganze Kopf zum Vorschein. Dann, ganz vorsichtig, stapft der Elefant heraus. Über das Laufbrett auf den Bahnsteig.

Er hebt seinen Rüssel und trompetet ohrenbetäubend. Jetzt kommen aus allen Waggons Elefanten. Es sind auch kleine Elefanten dabei, die sich mit dem Rüssel am Schwanz ihrer Mutter festhalten. Sie laufen bis zum Ende des Bahnsteigs. Da müssen sie warten. Sie müssen nämlich über die Schienen. Und der Zug nach Amsterdam hat Einfahrt.

„Schööön", seufzt Tom.

Ferdinand nickt.

„Vorsicht, Jungs!" sagt Ferdinands Vater. Der Zug fährt ein. Jetzt können sie die Elefanten nicht mehr sehen, denn der Zug versperrt ihnen die Sicht. Der Zug hält. Die Türen gehen auf und ... zzzsch.

„Er zischt, er zischt!" kreischt Tom. Er dreht sich um und rennt weg.

„Tom!" schreit Ferdinands Vater, aber es nützt nichts. Tom rennt, als ginge es um sein Leben. Er verschwindet in der Menschenmenge. Hinter dem haltenden Zug überqueren die Elefanten die Schienen. Die ersten sind schon auf dem gleichen Bahnsteig wie Tom.

Tom sieht nichts. Er hört auch nichts. Er rennt nur. Vor Angst hat er Tränen in den Augen. Warum müssen Züge aber auch so zischen?

Plötzlich hält ihn etwas fest. Es fühlt sich weich und warm an. Tom wird hochgehoben. Er schwebt höher und höher. Das warme Ding hält ihn gut fest. Er kann nicht fallen.

Er schaut an sich herunter. Um seinen Bauch hat sich ein Elefantenrüssel gelegt. Ganz sanft wird er auf den breiten Rücken des Elefanten gesetzt. Direkt hinter die beiden riesigen Ohren.

Tom hat überhaupt keine Angst. Der Elefant ist lieb. Tom hält sich an seinen Ohren fest. Er lacht. Er schaut zum Zug hinüber. Wovor braucht man noch Angst zu haben, wenn man auf dem Rücken eines Elefanten sitzt?

Majestätisch schreitet der Elefant zum Ausgang des Bahnhofs. Mit Tom auf dem Rücken.

Tinas Vater und Ferdinands Vater haben nichts davon mitgekriegt. „Steig du schon mal ein", sagt Ferdinands Vater zu Ferdinand, „wir gehen Tom holen."

Tinas Vater und Ferdinands Vater sausen los.

Ferdinand sieht ihnen nach. Er kaut auf seiner Fahrkarte herum.

Geld

Der Zug muß jeden Moment abfahren. Tinas Vater und Ferdinands Vater sind noch nicht zurück.

58

Ferdinand steigt nicht ein. Er starrt zum anderen Bahnsteig hinüber.

Der Elefantenzug ist weg. Jetzt steht da ein Zug für Menschen.

„Ich werd verrückt", sagt Ferdinand zu sich selbst. „Da steht Tina."

Tatsächlich. Tina steht auf dem Bahnsteig. Sie steigt in den verkehrten Zug.

„Tina!" schreit Ferdinand.

Aber Tina hört ihn nicht.

Die Türen des Zuges nach Amsterdam schließen sich. Der Schaffner pfeift. Der Zug fährt ab.

Ferdinand schaut ihm nach. „Tschüs, Zug", sagt er. Er rennt auf den gegenüberliegenden Bahnsteig. Er läuft am Zug entlang und guckt in die Fenster.

Da entdeckt er Tina. „He, Tina!" schreit er. „Du sitzt im verkehrten Zug!"

Tina sieht ihn zwar, aber sie kann ihn nicht hören. Sie winkt ihm. Die Türen des Zuges schließen sich. Der Zug fährt ab, mit Tina. Genau in die falsche Richtung!

Was jetzt? Ferdinand kann nicht mehr länger warten, denn er muß ganz dringend aufs Klo. Er hat ein Schild mit WC drauf gesehen. Da rennt er hin. Er stößt die Tür auf. Da sitzt eine Frau auf einem Stuhl. Auf dem Tisch vor ihr steht ein Tellerchen mit Geldstücken.

„Guten Tag!" sagt Ferdinand. „Ich muß ganz nötig, aber ich hab kein Geld."

„Da kann ja jeder kommen", sagt die Frau. „Geh mal erst Geld holen."

„Wo denn?" fragt Ferdinand.

„Bei deinen Eltern", sagt die Frau.

Ferdinand denkt nach. „Mein Vater sucht Tom", sagt er. „Und meine Mutter ist in Amsterdam auf dem Hauptbahnhof."

„Ach so", sagt die Frau.

Das ist ein schwieriges Problem.

Ferdinand hüpft von einem Fuß auf den anderen.

„Ich mach mir in die Hose", stöhnt er.

Die Frau sieht sich Ferdinands Gehopse beunruhigt an. „Tja, was machen wir da?" murmelt sie. „Weißt du was? Ich leih dir das Geld." Sie nimmt ihre Handtasche und kramt eine ganze Weile darin herum. Es dauert lange. Endlich kommt ein Portemonnaie zum Vorschein. Sie fischt zwei Zehner heraus. „Hier", sagt sie.

Ferdinand nimmt das Geld und legt es auf das Tellerchen. Er rennt aufs Klo und pinkelt. Aah, ist das eine Erleichterung!

Er macht seine Hose zu und geht raus.

„Das haben wir gut gelöst, was?" sagt die Klofrau.

„Ja", sagt Ferdinand. „Vielen Dank. Auf Wiedersehen!"

Er stößt die Tür auf.

„Hör mal, Junge!" ruft die Frau.

„Ja?" sagt Ferdinand.

„Das Geld, das ich dir geliehen habe, weißt du?"

„Ja", sagt Ferdinand.

„Das kannst du behalten."

Ferdinand sieht sie eine Weile an. Die Frau lächelt zufrieden.

„Oh", sagt Ferdinand dann. „Vielen Dank!"

„Gern geschehen, mein Junge."

Ferdinand geht auf den Bahnsteig zurück.

Da stehen schon wieder ein paar Leute und warten auf den nächsten Zug nach Amsterdam.

Die Schaffnerin

„Du sitzt im verkehrten Zug, du Idiot", sagt Tina zu sich selbst.

„Weiß ich", sagt Tina. „Der fährt nach Amersfoort."

Amersfoort! Das klingt schön weit weg. Das ist schon fast in Deutschland oder Frankreich oder so. Tina schaut aus dem Fenster. Sie hält die Fahrkarte, die sie von den Möbelpackern bekommen hat, in der Hand.

Da kommt schon der Schaffner. Es ist kein Mann, sondern eine Frau. Sie hat blondes Haar und Locken und eine rote Nase. Sie sieht nicht sehr gefährlich aus.

Aber sie ist nun mal ein Schaffner, und da muß man sich auf alle Fälle in acht nehmen.

„Kinder kommen nicht ins Gefängnis", flüstert Tina.

Jeder zeigt seine Fahrkarte vor. Tina auch.

Die Schaffnerin sieht sich die Fahrkarte an. „Hm", sagt sie, „du sitzt im falschen Zug."

„Oh", sagt Tina. „Das kommt, ich bin nämlich mit meiner Oma unterwegs, und die ist blind."

„Wo ist denn deine Oma?" fragt die Schaffnerin freundlich.

„Die ist kurz zur Toilette", sagt Tina.

Die Schaffnerin gibt ihr die Fahrkarte zurück.

„Gut", sagt sie. „Ich seh mal eben nach. Ich bin gleich wieder da."

Sie geht durch den Gang zum Vorraum, wo die Toilette ist.

„Warten Sie!" ruft Tina. „Ich geh mit." Sie rennt hinter der Schaffnerin her.

Die Schaffnerin macht die Toilettentür auf. Da ist niemand.

„Oje", sagt Tina, „hat Oma wieder die verkehrte Tür erwischt. Das macht sie zu Hause auch oft. Sie will aufs Klo, aber sie geht in die Besenkammer. Weil sie blind ist, da sieht man nämlich nichts."

Die Schaffnerin guckt Tina erstaunt an. „Welche Tür kann sie denn genommen haben?" fragt sie.

„Na, die nach draußen", sagt Tina. „Wahrscheinlich liegt Oma irgendwo neben den Schienen."

„Hahaha!" prustet die Schaffnerin auf einmal los. Ihre rote Nase wird ganz lila vor Lachen. Die Tränen rollen ihr übers Gesicht.

„Finden Sie das lustig?" fragt Tina verwundert. „Daß eine blinde alte Oma neben den Schienen liegt?"

„Nein, natürlich nicht", sagt die Schaffnerin.

„Vielleicht ist es ja noch mal gutgegangen", sagt Tina. „Vielleicht ist sie schon auf dem Weg nach Hause."

„Wie denn?" fragt die Schaffnerin.

„Mit einem Fahrrad vielleicht", sagt Tina.

„Haahaahaaa!" wiehert die Schaffnerin. Sie kann sich kaum noch halten vor Lachen. „Da können wir ja nur hoffen, daß die Klingel geht!" ruft sie. „Sonst tappt sie ja völlig im dunkeln!"

Tina sieht die Schaffnerin entgeistert an. Was die Erwachsenen manchmal aber auch witzig finden!

Blind

„Geh du mal auf deinen Platz zurück!" sagt die Schaffnerin. „Wenn der Zug hält, bleibst du sitzen. Ich hol dich dann ab, wenn wir in Amersfoort sind."

Tina setzt sich wieder hin. „Und was dann?" flüstert sie. „Und was macht sie dann in Amersfoort mit mir?" Sie zuckt die Achseln. „Gar nichts, natürlich", sagt sie. „Sie findet mich nämlich überhaupt nicht."

Sie schaut den Gang entlang. Durch die Glasscheibe in der Tür kann sie die Schaffnerin sehen. Sie steht auf.

Sie schleicht sich zum nächsten Wagen. Immer weiter weg von der Schaffnerin. Sie läuft so weit durch den Zug, bis es nicht mehr weitergeht.

„Ich komm schon noch nach Amsterdam", sagt sie laut.

„Dann sitzt du aber im falschen Zug, Kind", sagt eine Frau.

Tina schaut sie an. Es ist eine alte Frau mit weißem Haar. Zu ihren Füßen liegt ein brauner Hund.

„Ja", sagt Tina. „Ich fahr erst nach Amersfoort und danach nach Amsterdam."

„Ach, so machst du das", sagt die Frau. „Komm, setz dich zu mir. Dann können wir ein bißchen plaudern."

Tina sieht sie an. Plaudern? Ob das schön ist?

Sie setzt sich vorsichtig hin. Zum Glück hat der Hund nichts dagegen. Er hebt seinen großen Kopf und schnüffelt an Tinas Schuhen.

„Hihihi", kichert Tina. „Er zwinkert mir zu."

„Ach ja?" fragt die Frau.

„Ja", sagt Tina. „Gucken sie doch!"

„Tja", sagt die alte Frau, „das kann ich nicht, ich bin nämlich blind."

Tina guckt sie erschrocken an. „Was haben Sie gesagt?" fragt sie.

„Ich bin blind", sagt die alte Frau noch einmal.

„Oh", sagt Tina.

Sie starrt in die blauen Augen der alten Frau.

„Wie-wie komisch", stammelt Tina. „Das sieht man gar nicht."

Sie hält zwei Finger hoch. „Sehen Sie das?" fragt sie.

„Was?" fragt die Frau.

„Wieviele Finger halt ich hoch?" fragt Tina.

„Zwei", sagt die Frau.

„Woher wissen Sie denn das?" ruft Tina aus.

„Das hab ich geraten", sagt die Frau.

Tina hält vier Finger hoch. „Und wieviel Finger sind das?" fragt sie.

„Drei", sagt die Frau.

„Falsch", sagt Tina. „Das waren vier."

„Tja", sagt die Frau, „das kann man eben schwer sehen, wenn man blind ist wie ein Maulwurf."

Tina läßt die Finger sinken. Sie krault den Hund am Kopf. „Ich weiß was", sagt sie. „Ich mach meine Augen zu, und Sie halten Finger hoch."

„Gut", sagt die Frau.

Tina kneift die Augen zu.

„Wieviele Finger sind das?" fragt die Frau.

„Drei", sagt Tina.

„Und jetzt mach die Augen auf!" sagt die Frau.

Sie hat nur einen Finger hochgehalten.

„Mit zuen Augen ist es ganz schön schwer", sagt Tina. Sie denkt nach.

„Können Sie sich allein die Zähne putzen?" fragt sie. „Oder nee, ich weiß was Schweres! Können Sie sich allein die Schuhe zumachen? Können Sie nachts das Klo finden, wenn kein Licht an ist?"

„Halt, stopp!" sagt die alte Frau. „Ich kann mir die Zähne putzen und die Schuhe zubinden. Und ohne Licht das Klo finden ist ganz einfach, denn wenn man blind ist, ist nie Licht an."

Tina denkt nach.

„Ach ja", sagt sie.

Dann wird sie ganz still.

Oma

Der Zug hält. Sie sind in Amersfoort. Die Schaffnerin rennt auf dem Bahnsteig hin und her. Sie sucht Tina. Sie ist böse.

„Darf ich Oma zu Ihnen sagen?" fragt Tina.

„Was für ein Unsinn!" sagt die alte Frau. „Ich bin doch nicht deine Oma."

„Nein", sagt Tina zaghaft. „Es ist ja auch nur für kurze Zeit. Und ich möchte so gern eine blinde Oma haben!"

„Ach so", sagt die alte Frau. „Na gut."

Sie steigen aus. Erst der Hund. Dann Oma und dann Tina.

„Aha!" ruft die Schaffnerin. „Da ist ja unser kleiner Schlingel." Ihr Gesicht ist ganz rot vom Rennen. Die blonden Locken kleben ihr an der Stirn.

„Oma hat sich aus Versehen woanders hingesetzt", sagt Tina. „Und ich hab sie gesucht."

Die Schaffnerin sieht die alte Frau verblüfft an. Sie kriegt den Mund nicht wieder zu.

„Oma ist blind", erklärt Tina. „Und wenn man blind ist, ist nie Licht an."

Oma sagt nichts.

„Wieviele Finger halt ich hoch, Oma?" fragt Tina.

„Drei", sagt Oma.

„Sehen Sie?" sagt Tina. „Total blind." Sie nimmt Omas Hand. „Komm, Oma", sagt sie mit mitleidiger Stimme. „Ich bring dich nach Hause." Sie stellt sich dicht neben die Schaffnerin. „Ohne mich kann sie ihr Haus nicht finden", flüstert sie der Schaffnerin ins Ohr.

Die Schaffnerin nickt. Ihre Augen sind ein wenig feucht.

„Auf Wiedersehen!" sagt Oma. „Und vielen Dank für Ihre Bemühungen!"

„Aber das war doch selbstverständlich", sagt die Schaffnerin. „Dafür sind wir schließlich da."

Oma und Tina verlassen den Bahnhof. Der Hund voneweg.

„Du bist mir vielleicht eine", sagt Oma.

„Ja, was?" sagt Tina.

„Du kommst mit zu mir", sagt Oma.

„Toll", sagt Tina.

„Und da ruf ich deine Eltern an", sagt Oma streng.

„'türlich", sagt Tina. Sie zwinkert dem Hund zu.

„Du brauchst gar nicht so zu zwinkern", sagt Oma.

Tina guckt erschrocken in Omas Gesicht.

„Nein", sagt Oma. „Sehen kann ich es nicht, aber ich *merke,* daß du zwinkerst. Mich kannst du nicht so leicht anschmieren."

„Ich hab's nicht gemacht, weil ich Sie anschmieren wollte", sagt Tina verlegen.

Oma sagt eine Weile nichts. „Nein, Kind", sagt sie dann. „Das weiß ich." Sie lacht. „Oh, oh, deine armen Eltern! Was werden die sich für Sorgen machen!"

Der Hund kennt den Weg genau. Und Oma auch. Sie braucht gar nicht nach dem Weg zu fragen oder so. Sie geht genau wie eine normale Oma. Man merkt fast nicht, daß sie blind ist.

Wenn ein Fahrrad auf dem Gehweg steht, macht der Hund einen Bogen darum herum.

Wenn sie über die Straße müssen, achtet der Hund auf den Verkehr.

Es geht ganz prima.

Oma holt einen Schlüssel aus ihrer Handtasche. „Wir sind fast da", sagt sie. „Siehst du das Haus mit den grünen Fensterläden? Da wohne ich."

Es ist ein großes Haus mit einem schönen Garten. Oma macht den Hund los. „Lauf nur zu, Dientje!" sagt sie. Dientje macht ein paar ausgelassene Sprünge. Er weiß, daß er jetzt nicht mehr auf Oma aufzupassen braucht. Er rennt in den Garten und wälzt sich im Gras.

Dann gehen sie in Omas Haus.

Arthur

Tom sitzt sicher und geborgen hinter den Ohren
von Arthur. So heißt der Elefant.
Arthur gehört zum Zirkus Santarelli aus Italien.
Arthur ist ein besonderer Elefant.
Vor einem Jahr hatte Arthur eine Frau und ein
Kind. Die Frau hieß Lena, und das Kind hieß Kurt.
Als Kurt zur Welt gekommen war, fing Lena an,
häßlich zu Arthur zu sein.
Er durfte nicht in Kurts Nähe kommen. Wenn er
es doch tat, griff Lena ihn an. Das wurde gefähr-
lich. Auch für Kurt, denn der geriet schon mal
zwischen die kämpfenden Eltern.
Da wurden Lena und Kurt an einen anderen
Zirkus verkauft.
Arthur blieb allein zurück. Er war traurig. Er
weinte den ganzen Tag und wollte nicht
fressen.
Als er seinen Kummer einigermaßen überwunden
hatte, fing Arthur an, sich merkwürdig zu beneh-
men. Er war ganz verrückt nach Tierkindern.
Einmal sah er einen jungen Hund, und den setzte
er sich auf den Rücken. Niemand durfte ver-

suchen, ihn wieder herunterzuholen, sonst wurde Arthur furchtbar böse.

Er sorgte gut für den kleinen Hund, aber der kleine Hund wurde groß. Er wollte auch mal was anderes erleben. Er lief weg.

Da griff Arthur sich ein Affenbaby aus dem Zirkus. Das Äffchen blieb eine Woche auf Arthurs Rücken, aber dann wollte es zu seinen Eltern zurück.

Und dann...

Dann kam Tom.

Arthur spürt Tom warm auf seinem Rücken. Er

ist glücklich. „Den nehmen sie mir nicht mehr weg", denkt er. „Den behalte ich."

Und Tom? Tom fühlt sich großartig! Er kommt sich vor wie im Traum.

Das muß man sich mal vorstellen: Er hat Freundschaft mit einem Elefanten geschlossen!

„He, Junge!" schreit jemand.

Tom guckt runter. Er sieht einen Wärter mit einem schwarzen Schnurrbart.

„Du nix Angst haben!" ruft der Mann. „Nix passieren! Ich dir helfen!"

Tom sieht den Wärter erstaunt an. Angst? Er hat keine Angst. Arthur schlägt böse mit dem Rüssel nach dem Wärter. Der Wärter kann gerade noch beiseite springen. Der Rüssel saust an seinem Kopf vorbei.

Dann kommt der Rüssel hoch, bis vor Toms Gesicht. Er schnuppert.

Tom streckt seine Hand aus. Er streichelt den Rüssel. „Ja, ich bin noch da", flüstert er.

Arthur hebt den Rüssel und trompetet. Das bedeutet, daß er froh ist. Aber es bedeutet auch: „Laßt die Finger von meinem Kind!"

Eine Menge Wärter springen um Arthur herum. „Arthur spielt wieder verrückt!" ruft einer.

Er hat recht. Auch Tom spürt, daß Arthur unruhig ist. Denn er läuft jetzt in Schlangenlinien. Tom hält sich gut an Arthurs Ohren fest. Auch die Elefanten, die hinter Arthur laufen, werden unruhig. Sie laufen nicht mehr so ordentlich in Reih und Glied. Sie überholen einander. Sie wollen sehen, was da los ist.

Das Zirkuszelt steht am Rand der Stadt. Sie haben noch ein ganzes Stück vor sich.

Die Wärter sind nervös.

Wenn die Elefanten durchgehen, kann das böse enden.

„Nix nah kommen!" schreit der Wärter mit dem schwarzen Schnurrbart.

Die Wärter ziehen sich zurück.

Das hilft. Wenn niemand mehr in seiner Nähe ist, beruhigt Arthur sich von ganz allein.

Aber Arthur ist nicht dumm. Er weiß, daß die Wärter später wiederkommen. Daß sie ihn in seinem Stall anbinden werden. Daß sie ihm Tom wegnehmen werden.

Arthur denkt angestrengt nach. Die Falten auf seiner Stirn werden noch tiefer. Er sieht sich gut um. Er sieht Straßen voller Menschen und Autos. „Ich muß etwas tun", denkt er. „Jetzt noch nicht. Aber bald..."

Er schüttelt den Kopf. Arthur kann gut denken. Es geht nur ein bißchen langsam. „Bald..." denkt er noch einmal.

Er muß etwas tun, aber was?

Menschenfutter

Arthur zuckelt durch die Stadt. Tom sitzt auf seinem Rücken. Tom wird hin- und hergeschaukelt, wie auf einem Schiff. Das macht ihn ganz schläfrig. Er steckt einen Finger in den Mund. Immer wieder fallen ihm die Augen zu.

Arthur ist hellwach. Sein großes Herz klopft heftig, denn er hat einen Plan. Es ist ein wüster Plan, aber etwas Besseres ist ihm nicht eingefallen.

Er läuft so ruhig wie möglich. Die Wärter sollen denken, daß er friedlich ist. Daß er brav in seinen Stall gehen wird.

„He, Junge!" schreit der Wärter mit dem Schnurrbart. „Alles gehn gut. Arthur sein brav, Arthur dir nix tun."

Das weiß Tom auch. Arthur wird ihm nichts tun. Arthur ist der bravste Elefant der Welt. Und sein dickster Freund.

Erwachsene regen sich oft völlig unnötig auf. Tom winkt dem Wärter schläfrig zu.

Sie kommen aus der Stadt heraus. Vor ihnen taucht ein großer Platz mit dem Zirkuszelt auf. Man sieht die Fahnen wehen.

Arthur hebt den Rüssel. Er wittert Gras. Er wittert Bäume voll leckerer Blätter. Er zuckelt weiter, aber er kann den Kopf kaum noch still halten. Er muß ihn schütteln. Sein Rüssel fegt über die Straße.

Am Straßenrand stehen dichte Sträucher. Dahinter wittert er große, warme Tiere. Keine gefährlichen Tiere. Ihr Mist riecht nach Gras.

Arthur wedelt mit den Ohren, daß Tom die Haare fliegen. Tom sperrt die Augen auf und hält sich gut fest.

Arthur schreit. Dann biegt er ruhig von der Straße ab und läuft hinunter in die Sträucher. Die Zweige peitschen ihm gegen die Beine.

Arthur stapft über einen Graben. Er geht durch Stacheldraht. Die Stacheln bohren sich in seine Vorderbeine. Es blutet ein bißchen, aber er merkt es nicht.

Er galoppiert über die Weide. Die Kühe laufen nach allen Seiten auseinander. Die Wärter schreien und rennen hinter Arthur her.

Arthur hebt den Rüssel. Der Wald ist ganz nah.

Er riecht Tausende von Baumblättern auf einmal. Der Duft ist so stark, daß ihm ganz schwindelig wird.

Tom liegt bäuchlings auf Arthurs Rücken. Er preßt seine Beine fest an Arthurs Hals und krallt seine Hände in Arthurs Ohren.

Dann sind sie im Wald. Arthur bleibt kurz stehen und schnüffelt.

Ja, Tom ist noch da.

Arthur trabt weiter. Fast lautlos.

Er paßt genau auf, wo er seine Füße hinsetzt. Er rennt nichts um.

Das Geschrei der Wärter wird immer leiser. Weit entfernt hört man die Sirene von einem Polizeiauto.

Arthur kriegt Seitenstiche. Er ist es nicht gewohnt, so schnell zu laufen. Aber er will noch nicht stehenbleiben. „Weiter!" denkt er. „Mich sehen die nie wieder."

So trabt er gut eine Stunde lang weiter. Tom wird auf seinem Rücken durchgeschüttelt.

Dann bleibt Arthur endlich stehen. Aus seinem Rüssel kommt weißer Dampf. Die Zunge hängt ihm trocken aus dem Mund.

Er lauscht.

Er hört Vögel singen, sonst ist es still.

Arthur knickt die Knie ein und legt sich dann vorsichtig hin.

Mit seinem Rüssel hilft er Tom herunter.

Tom stellt sich neben Arthurs Kopf. Er guckt in Arthurs linkes Auge. „Das war schön", sagt er.

Arthur hebt den Rüssel und schnuppert an Toms Gesicht.

Das kitzelt. „Ich heiße Tom", sagt Tom. Er schiebt den Rüssel ein wenig zur Seite. „Blas mir nicht so ins Gesicht!" sagt er.

Arthur runzelt die Stirn. Er sieht sich Tom genau an. Er weiß, daß Tom kein Elefantenkind ist. Deshalb weiß er nicht so recht, was Tom gern mag. Darüber denkt er nach.

„Tom muß erst mal was essen", denkt er. Er richtet sich ächzend auf und bricht einen Zweig von einem Baum. Er gibt Tom den Zweig. „Hier, essen!"

Tom betrachtet den Zweig.

Er macht ein Blatt ab und steckt es sich in den Mund. Er beginnt, vorsichtig darauf herumzukauen.

Arthur steckt sich den restlichen Zweig selbst in den Mund.

Tom kaut zweimal, dann spuckt er das Blatt aus. „Bah!" sagt er.

Wieder runzelt Arthur die Stirn. „Was soll dieser Junge bloß essen?" denkt er. „Ich muß schnell etwas für ihn finden, bevor er verhungert."

Arthur gehört nämlich zu den Vätern, die immer gleich denken, daß man stirbt, wenn man mal nicht ißt.

Er hebt Tom auf seinen Rücken und zuckelt weiter. Auf der Suche nach Menschenfutter.

Makkaroni

Tinas Vater und Ferdinands Vater betreten die Polizeiwache von Hilversum.

In der Wachstube sitzt Hauptwachtmeister Knack hinter seinem Schreibtisch. Er tippt auf einer Schreibmaschine.

„Mahlzeit!" sagt Ferdinands Vater höflich.

„Wie?" sagt Hauptwachtmeister Knack. „Ist es schon Mittag?" Er schaut auf seine Uhr. „Ach du Schreck", jammert er, „total die Zeit vergessen! Ich muß nach Hause. Hilda wollte Makkaroni machen."

Knack zieht hastig seine Jacke an.

„Warten Sie!" sagt Ferdinands Vater. „Sie können jetzt nicht nach Hause, es werden nämlich zwei Kinder vermißt."

„Ach", sagt Wachtmeister Knack, „Kinder werden

jeden Tag vermißt, aber Hilda macht nicht jeden Tag Makkaroni."

Er kommt hinter seinem Schreibtisch hervor und geht zur Tür.

Tinas Vater versperrt ihm blitzschnell den Weg.

„Herr Wachtmeister!" sagt er forsch. „Noch *ein* Schritt, und ich mache Makkaroni aus *Ihnen!*"

Knack bleibt wie angewurzelt stehen. Er mustert Tinas Vater. Tinas Vater sieht kräftig aus, obwohl er so einen komischen Pullover mit Hirschen drauf an hat.

„Hm", sagt Knack. „Erstens bin ich Hauptwachtmeister, zweitens hab ich keine Angst vor Ihnen und drittens... äh..." Hauptwachtmeister Knack kratzt sich unter seiner Mütze. „Drittens, was ist passiert?"

Tinas Vater atmet erleichtert auf. Hauptwachtmeister Knack setzt sich wieder hinter seinen Schreibtisch.

„Zwei Kinder sind verschwunden", erklärt Ferdinands Vater.

„Aha", sagt Hauptwachtmeister Knack. „Interessant. Sind Sie auch so verrückt auf Makkaroni?"

Ferdinands Vater sieht Knack verblüfft an. „Och ja", sagt er, „ich finde sie schon ganz lecker, aber..."

Rrrrrrring! Das Telefon klingelt. Hauptwachtmeister Knack nimmt den Hörer ab.

„Was sagen Sie?" sagt Knack in die Muschel.
„Zwei Herren wegen eines verschwundenen Kindes? Ja, die sitzen hier. Mit wem spreche ich bitte? Anneliese? Wie schreibt man das?"
„Anneliese ist meine Frau", sagt Ferdinands Vater aufgeregt. „Geben Sie mal her!"
Er nimmt Knack den Hörer aus der Hand.
„Anneliese? Was ist los? Was?? Nein, das stimmt, Tom ist verschwunden. Aber ist Ferdinand nicht angekommen? Auch das noch! Was? Ja, mach das. Wie ärgerlich. Ja, tschüs!"
„Vor allem mit geriebenem Käse", sagt Wachtmeister Knack, „Makkaroni mit geriebenem Käse."
„Wachtmeister!" brüllt Tinas Vater. „Jetzt sind drei Kinder weg. Hören Sie endlich auf mit Ihren Makkaroni!"
„Oh", sagt Knack. „Tja, na schön, es gibt Menschen, die sie nicht mögen. Die Geschmäcker sind eben verschieden. Drei Kinder, sagen Sie? Wie heißen sie?"
Rrrrrrring! Wieder klingelt das Telefon.
„Knack", ruft Knack in die Muschel. „Wie, was sagen Sie? Ein Elefant? Hier in Hilversum? Der soll mit einem fünfjährigen Jungen durchgegangen sein? Hahaha, daß ich nicht lache! Hahaha! Elefanten gibt es hier in Hilversum nicht. Hahaha, wir sind doch nicht blöd bei der Polizei!"
Hauptwachtmeister Knack legt lachend auf.

„Haben Sie das gehört?" sagt er grinsend. „Hahaha! Da macht man was mit bei der Polizei." Tinas Vater und Ferdinands Vater sind bleich geworden. „Tom?" flüstert Ferdinands Vater. „Tom", seufzt Tinas Vater.

Sie rennen aus der Polizeiwache und springen ins Auto. „Zum Zirkus!" schreit Tinas Vater. „Vielleicht wissen die da mehr."

Rrrrrring, klingelt das Telefon in der Wachstube. Knack nimmt ab. „Hallo, Hilda!" ruft er fröhlich in die Muschel. „Hast du die Makkaroni warmgestellt?" Er hört eine Weile zu. Dann legt er still auf und läßt sich auf seinen Stuhl sinken.

„Zu spät", flüstert er. „Alles aufgegessen. Nichts übriggelassen. Ein schwarzer Tag!"

Zerknirscht spannt er ein Blatt Papier in die Schreibmaschine und tippt.

Das Fernsehen

Ferdinand steht auf dem Bahnhof von Hilversum. Er weiß nicht so recht, was er tun soll. Soll er warten, bis sein Vater mit Tom zurückkommt? Oder soll er in den nächsten Zug nach Amsterdam einsteigen?

„Ich weiß nicht", sagt er. „Tina und Tom erleben ein Abenteuer, und ich weiß nicht, was ich tun soll."

Er denkt angestrengt nach.

Da kommen zwei Männer über den Bahnsteig gerannt. Einer von ihnen hat eine riesige Kamera auf der Schulter. Der andere trägt ein Mikrophon, das an einer Schnur baumelt.

Die Männer bleiben direkt vor Ferdinand stehen.

„Nichts zu sehen", sagt der Mann mit der Kamera.

„Wir kommen mal wieder zu spät", sagt der Mann mit dem Mikrophon.

Der Kameramann entdeckt Ferdinand. „He, du", sagt er. „Wir sind vom Fernsehen. Hast du einen Elefanten gesehen mit einem fünfjährigen Jungen auf dem Rücken?"

„Ich hab einen Haufen Elefanten gesehen", sagt Ferdinand.

„Aha!" ruft der Kameramann. „Okay Dirk, wir haben was."

Dirk nickt. Er hält Ferdinand das Mikrophon unter die Nase.

„Erzähl mal, was du gesehen hast!" sagt der Kameramann. Er geht in die Hocke und fängt an zu filmen.

„Äh", sagt Ferdinand. „Also, wir standen hier, und da sind die Elefanten gekommen. Und da ist Tom weggelaufen. Und da ist mein Vater hinter ihm hergelaufen. Und dann waren die Elefanten weg. Und Tom auch. Und Tina ist im verkehrten Zug."

„Halt, stopp!" sagt Dirk. „Wir müssen noch mal von vorn anfangen, da kam gerade ein Zug dazwischen. Man kann nichts verstehen."

Der Kameramann macht die Kamera aus. „Paß mal auf, Junge", sagt er. „Wie heißt du?"

„Ferdinand", sagt Ferdinand.

„Paß mal auf, Ferdinand", sagt der Kameramann. „Erzähl einfach ganz ruhig, wie das mit den Elefanten war und wie sie deinen Freund mitgenommen haben."

„Was?" fragt Ferdinand.

„Na, du hast doch gerade erzählt von – wie heißt er noch?" fragt der Kameramann.

„Tom", sagt Ferdinand.

„Okay", sagt Dirk, „Kamera ab!"

Die Kamera surrt.

„Erzähl mal von Tom!" sagt der Kameramann.

„Also, wir standen hier", erzählt Ferdinand. „Und die Elefanten gingen gerade über die Schienen, und da ist Tom losgerannt. Und dann war er weg und die Elefanten auch."

Der Kameramann macht die Kamera aus. Er seufzt tief. „Stopp, Dirk!" sagt er. „Das ist nichts." Er reibt sich die Augen.

„Paß mal auf, Junge", sagt er. „Wie heißt du noch?"

„Ferdinand", sagt Ferdinand.

„Paß mal auf, Ferdinand." Der Kameramann legt eine Hand auf Ferdinands Schulter. „Du hast das Wichtigste ausgelassen. Du mußt erzählen, wie dein Freund ... wie heißt er noch?"

„Tom", sagt Ferdinand.

„Paß mal auf, Ferdinand, du mußt erzählen, wie Tom von einem Elefanten gepackt wurde, kapiert? Fein. Also los Dirk, das Ganze noch mal!"

Die Kamera surrt.

Ferdinand kriegt das Mikrophon unter die Nase gehalten.

„Also, wir standen hier", erzählt Ferdinand. „Und da sind die Elefanten gekommen, und die haben Tom gepackt."

„Wie?" fragt Dirk.

„Na, einfach so", sagt Ferdinand. „Mit dem Rüssel, denk ich."

„Und dann?" fragt Dirk.

„Na ja", sagt Ferdinand, „dann hat mein Vater die Elefanten gehauen, aber die wollten nicht loslassen."

„Und dann?"

„Dann haben sie Tom mitgeschleift, und dann war er weg."

„Und?" fragt Dirk. „Wurde Tom dabei verletzt?"

„Ein bißchen", sagt Ferdinand.

„Was meinst du mit ‚ein bißchen'?"

„Na ja", sagt Ferdinand, „ein bißchen am Daumen."

„Am Daumen?" fragt Dirk. „Wie kam denn das?"

„Tom hat sich den Daumen an einem Stoßzahn gestoßen", sagt Ferdinand.

„WAS!?" schreit der Kameramann. „Hör auf Dirk, das glaubt kein Mensch. Das schneiden wir raus."

„Also ich glaube, Ferdinand", sagt Dirk, „also ich glaube, du phantasierst."

„Komm", sagt der Kameramann, „wir gehen!"

„Darf ich mit?" fragt Ferdinand.

Dirk und der Kameramann sehen sich an. „Vielleicht können wir ihn noch gebrauchen", sagt Dirk. Der Kameramann zuckt die Achseln. „Von mir aus, Ferdinand", sagt er. „Auf deine eigene Verantwortung."

Ferdinand rennt hinter den Männern her aus dem Bahnhof. Zusammen springen sie in ein Auto vom Niederländischen Fernsehen.

Kindernachrichten

„Da nimmt keiner ab", sagt Oma. Im Telefonhörer macht es nur tüüüt-tüüüt. „Sie suchen dich natürlich überall."

„Och", sagt Tina, „vielleicht spielen sie Karten."

„Das glaub ich aber nicht", sagt Oma. „Weißt du was? Ich ruf einfach die Polizei an."

„Nein, Oma, bitte nicht, bittebitte nicht!" Tina zappelt entsetzt mit Händen und Füßen.

„Warum nicht?" fragt Oma erstaunt. „Die Polizei weiß vielleicht, wo deine Eltern sind."

„Ja, aber", ruft Tina, „dann komm ich doch in ein Heim!"

Oma sagt eine Weile nichts. Sie trommelt mit den Fingern auf dem Telefon herum. „Ja, ja", murmelt sie. Sie geht in die Küche und setzt Wasser auf.

„Magst du einen Tee?" fragt sie.

Tina steht neben ihr. Sie nickt.

„Was hast du gesagt?" fragt Oma.

„Ich hab ja gesagt", sagt Tina.

„Willst du ein Butterbrot?"

„Ja, Oma."

„Gut", sagt Oma. „Geh schon mal ins Wohnzimmer. Ich komm gleich." Tina guckt sich im Wohnzimmer um. Man sieht überhaupt nicht, daß hier eine blinde Frau wohnt. An den Wänden hängen Bilder. Auch ein Fernseher ist da. Was will eine Blinde mit einem Fernseher?

Vielleicht ist es ein besonderes Gerät. Tina drückt auf einen Knopf. Der Fernseher geht an. Es ist ein ganz normaler Fernseher. Gerade laufen Nachrichten für Kinder.

Tina setzt sich und guckt die Nachrichten.

Es geht um die armen Elefanten in Afrika.

„Der Elefant", erzählt die Nachrichtensprecherin, *„hat es schwer. In Afrika (das ist ein Erdteil) und Asien (das ist ein anderer Erdteil) werden diese Tiere immer seltener. In Hilversum in Nord-Holland aber herrschte heute nachmittag kein Mangel an Elefanten. Es entstand ein großer Tumult, als eine Gruppe von Elefanten aus dem Zirkus Santarelli aus Italien (das ist ein bekanntes Land) auf dem Bahnhof von Hilversum einen fünfjährigen Jungen entführte. Sein Freund Ferdinand war dabei und sah, wie es geschah."*

Tina bleibt die Luft weg: Da erscheint doch tatsächlich Ferdinand auf dem Bildschirm.

„Oma!" schreit sie. „Komm schnell gucken, da ist Ferdinand!"

Oma kommt aus der Küche. Sie trägt ein Tablett mit zwei Tassen Tee.

Sie bleibt stehen und hört zu.

„Also, wir standen hier", erzählt Ferdinand im Fernsehen. *„Und da sind die Elefanten gekommen, und die haben Tom gepackt."*

„Tom?!" kreischt Tina.

„Wie?" fragt der Mann vom Fernsehen.

„Na, einfach so", sagt Ferdinand. *„Mit ihrem Rüssel, denk ich."*

„Und dann?"

„Na ja, dann hat mein Vater die Elefanten gehauen, aber die wollten nicht loslassen."

„Und dann?"

„Dann haben sie Tom mitgeschleift, und dann war er weg."

„Wurde Tom dabei verletzt?"

„Ein bißchen", sagt Ferdinand.

Jetzt kommt wieder die Nachrichtensprecherin ins Bild. „Seither fehlt von Tom und den Elefanten jede Spur", erzählt sie. „Die Polizei hofft auf Mithilfe von seiten der Bevölkerung. Und nun eine Beschreibung der Flüchtigen. Zunächst der Elefant: Groß, grau, große Ohren und lange Nase, allgemein ‚Rüssel' genannt. Alter zweiunddreißig Jahre, einmal verheiratet gewesen, ein Kind. Von Tom wissen wir, daß er fünf Jahre alt, noch im Besitz eines Milchgebisses und minderjährig ist. Solltet ihr beide oder einen von beiden sehen oder sonst irgendwie wahrnehmen, wendet euch bitte an die für euch zuständige Polizeidienststelle. Ihr könnt aber auch jederzeit die Königin anrufen. – Das Wetter."

„Tom und ein Elefant! Und Ferdinand im Fernsehen!" seufzt Tina. „Jungs werden aber auch immer vorgezogen."

„Eine blinde Oma ist doch auch nicht übel", sagt Oma.

„Ja, Oma, aber ein Elefant!" ruft Tina aus.

Oma nickt. Sie erhebt sich. „Ich schmier uns ein paar Butterbrote. Wir machen uns jetzt nämlich auf die Suche nach Tom."

Sie geht in die Küche.

„Waas?" fragt Tina.

„Ich bin sehr gut im Elefantenfinden!" ruft Oma.

Tina geht in die Küche. Oma schmiert einen Stapel Brote.

Gut im Elefantenfinden?

Ob Oma wohl ganz richtig im Kopf ist?

Pfannkuchen

Arthur schnuppert mit hocherhobenem Rüssel. Es ist still im Wald, und doch sind Menschen in der Nähe. Arthur kann sie deutlich riechen.

Arthur ist unschlüssig. Wo Menschen sind, ist auch Menschenfutter für Tom. Aber es gibt nette Menschen und unangenehme Menschen. Was soll er machen?

Er schnuppert noch einmal. Dann macht er sich fast geräuschlos auf den Weg.

Tom späht zwischen den Zweigen der Bäume hindurch. Er sieht ein rotes Ziegeldach. Er riecht Pfannkuchen.

Sie kommen an eine Lichtung. Da steht ein weißes Haus. Um das Haus herum ist ein Garten. In dem Garten sitzen ein Mann und eine Frau. Sie essen. Arthur läuft bis an den Gartenzaun. Der Mann und die Frau merken nichts. Arthur tippt den Zaun leicht mit dem Vorderfuß an. KRAAACK! macht der Zaun. Die Bretter fliegen durch die Luft. Der Mann und die Frau springen auf. Der Mann rennt zum Zaun. Er baut sich unerschrocken vor Arthur auf. „He, junger Mann!" ruft er Tom zu. „Elefanten haben hier keinen Zutritt! Ich habe gerade neuen Rasen eingesät."

„Ich kann nichts dafür", sagt Tom.

Arthur macht einen Schritt in den Garten. Der Mann springt ihm in den Weg. „Keinen Schritt weiter!" sagt er streng. „Keinen Schritt!"

Arthur packt ihn beim Kragen und stellt ihn vorsichtig auf die Seite. Er geht in den Garten.

Der Mann rennt hinter ihm her. Wieder springt er Arthur vor den Rüssel. „Wenn du noch *einen* Schritt weitergehst, dann, dann..." schreit er.

Jetzt wird Arthur ungeduldig. Er packt den Mann mit seinem Rüssel und schleudert ihn weg. Der arme Mann fliegt in hohem Bogen durch die Luft. Er landet in der Krone eines Apfelbaums.

„Arthur!" ruft Tom. Er zieht Arthur kräftig am Ohr. „Laß das! Man darf keine Menschen durch die Luft schmeißen. Die können davon sterben."

„Oh, Norbert!" kreischt die Frau. „Hast du dir weh getan? So sag doch was!"

„Mit mir ist alles in Ordnung", stöhnt der Mann.
„Nur meine Hose ist zerrissen, glaub ich."
Die Frau läuft böse auf Arthur zu. Sie stemmt die
Hände in die Seite. „Hol sofort meinen Mann aus
dem Baum", ruft sie. „Er hat seine Sonntagshose
an!"
Arthur runzelt die Stirn. Er schaut zu dem Mann
im Baum hinüber. Was meckern die denn bloß?
Der Mann sitzt da doch ganz prima.
„Mach schon, Arthur!" flüstert Tom ihm ins Ohr.
Aber Arthur denkt nicht dran. Er schiebt die Frau
beiseite und läuft zum Tisch. Er schnüffelt an
dem Teller mit den Pfannkuchen.
Dann nimmt er den Teller und gibt ihn Tom.
„Das wird ja immer schöner!" ruft die Frau. „Erst
meinen Mann in den Baum werfen und jetzt auch
noch meine Pfannkuchen stehlen!"
„Ich kann nichts dafür!" piepst Tom. Er beißt
genüßlich in einen Pfannkuchen.

Arthur angelt mit seinem Rüssel über den Pfannkuchen herum.

„Darf Arthur auch einen?" fragt Tom höflich.

„Was sagst du, du frecher Bengel?"

„Du darfst auch einen", sagt Tom. Er gibt Arthur
einen Pfannkuchen. Der Pfannkuchen ist sofort
weg. Für einen Elefanten ist ein Pfannkuchen nämlich ungefähr soviel wie für uns ein Stückchen
Zucker.

Dann macht Arthur kehrt. Er holt den Mann aus
dem Apfelbaum und stellt ihn wieder auf den
Boden.

Arthur zuckelt aus dem Garten. Tom sitzt auf
seinem Rücken und läßt es sich schmecken. Er
dreht sich um und winkt den Leuten im Garten
zu.

Die winken zögernd zurück.

„Es wird immer verrückter hier in Holland", sagt
der Mann.

„Ich hab ja nichts dagegen, wenn Leute Elefanten
halten", sagt die Frau. „Aber dann müssen sie so
ein Tier auch ein bißchen erziehen."

Der Mann nickt düster. „Die Leute sollten sich
lieber etwas mehr Gedanken machen, bevor sie
sich ein Haustier zulegen. Ein Hamster ist doch
auch nett, oder?"

Die Hose

Tinas Vater und Ferdinands Vater rennen durch den Wald. Eine Menge Leute rennen durch den Wald. Sechzehn Wärter vom Zirkus. Zwölf Polizisten, angeführt von Hauptwachtmeister Knack. Ferdinand, Dirk und der Kameramann. Tina und die blinde Oma. Und zweiundneunzig Kinder, die die Kindernachrichten gesehen haben.

Tinas Vater und Ferdinands Vater bleiben keuchend stehen.

„Wie findet man einen Elefanten?" fragt Ferdinands Vater.

„Auf einen Baum klettern und ein Weißbrot nachmachen", sagt Tinas Vater.

„Laß die Witze!" sagt Ferdinands Vater streng. „Deine dummen Bemerkungen bringen uns kein Stück weiter."

„'tschuldigung", sagt Tinas Vater. „Ich kann es einfach nicht lassen. Ich mußte nämlich früher immer witzig sein, wenn wir zu Hause Besuch hatten."

„Huch, das ist aber komisch", sagt Ferdinands Vater. „Ich mußte immer Klavier spielen oder ein Gedicht aufsagen."

Sie schauen sich um. Außer Bäumen und dunklem Gebüsch ist nichts zu sehen.

„Weißt du", murmelt Tinas Vater, „ich frag mich, was Tom sagen wird, wenn wir ihm seinen Elefanten wegnehmen.

„*Seinen* Elefanten?" ruft Ferdinands Vater aus. „Was für ein Unsinn! Niemand hat einen Elefanten! Und Kinder schon gar nicht! Der Junge ist in Gefahr, Mensch!"

Tinas Vater schüttelt den Kopf. „Ich weiß nicht", murmelt er. „Möglich, daß sie das Tier sogar erschießen."

„Was?" Ferdinands Vater guckt ihn erschrocken an. „Warum?"

„Weil sie den Elefanten für gefährlich halten", sagt Tinas Vater.

„O nein!" ruft Ferdinands Vater aus. „Nur über meine Leiche!"

Sie hören Geschrei. Die Stimme von Hauptwachtmeister Knack dröhnt durch den Wald. Die zweiundneunzig Kinder grölen.

Tinas Vater grinst. „Sie rennen durch den Wald wie eine Horde Wilde", sagt er.

Ferdinands Vater nickt. „Laß uns zur Straße zurückgehen", sagt er. „Wir nehmen die Fährte auf." Das tun sie. Sie gehen zu der Stelle, an der Arthur auf die Weide ausgebrochen ist. Im Gras sind tiefe Abdrücke von seinen Füßen.

Sie folgen der Fährte.

Es geht leicht, auch im Wald. Wenn die Fußstapfen nicht deutlich sind, orientieren sie sich an den abgebrochenen Zweigen. So kommen sie zu dem Haus mit dem roten Ziegeldach.

Der Mann repariert gerade den kaputten Zaun. Er hat eine alte Hose an. Die Frau backt neue Pfannkuchen.

„Guten Tag!" sagt Ferdinands Vater. „Ist hier zufällig ein Elefant vorbeigekommen?"

Der Mann schaut von seiner Arbeit auf. „Das kann man wohl sagen!" schimpft er. „Können Sie das Tier nicht ein bißchen besser erziehen? Der Zaun ist weg, die Pfannkuchen gestohlen. Es ist eine Schande!"

„Ach du Schreck!" sagt Ferdinands Vater.

Tinas Vater kriegt einen Lachanfall. Er kann nichts dagegen machen. Die Tränen kullern ihm übers Gesicht.

„Und Sie finden das auch noch lustig!" sagt der Mann wütend. „Ohne Leine dürfen Elefanten überhaupt nicht in den Wald. Und Sie lassen so ein Tier einfach mit einem minderjährigen Kind auf dem Rücken herumspringen! Sie kommen bestimmt aus der Stadt!"

„Hahaha!" wiehert Tinas Vater. Er hält sich den Bauch vor Lachen.

Die Frau kommt mit neuen Pfannkuchen und stellt

sich neben ihren Mann. Sie sieht Tinas Vater, der immer noch lacht, erstaunt an.

„Schenken sie ihm einfach keine Beachtung", sagt Ferdinands Vater betreten. „Er mußte früher immer witzig sein, wenn Besuch da war, das ist der Grund. Der Elefant gehört nicht uns, wir können da auch nichts machen. Wissen Sie, wir suchen eigentlich das Kind *auf* dem Elefanten."

„Das Kind?" ruft die Frau aus. „Das Kind saß nicht einfach auf dem Elefanten, es war der HERR des Elefanten. Das dumme Tier machte genau, was der Rotzbengel sagte! Der Pfannkuchendieb!"

Der Mann schüttelt den Kopf. „Es wird immer verrückter hier in Holland, meine Herren", sagt er. „Jetzt kommen sie schon auf Elefanten daher! Wir hatten früher nicht einmal ein FAHRRAD!"

Die Frau nickt heftig. „So ist es", sagt sie.

Tinas Vater und Ferdinands Vater läuft beim Anblick der Pfannkuchen das Wasser im Mund zusammen. Aber sie trauen sich nicht, um einen zu bitten.

„Nun ja", sagt Ferdinands Vater, „also dann gehen wir mal wieder. Vielen Dank für Ihre Hilfe!"

„Bevor ich es vergesse", sagt Tinas Vater zu dem Mann. Er zeigt auf den Apfelbaum. „Wissen Sie, daß da eine Hose im Apfelbaum hängt?" Er grinst. Dann dreht er sich um und geht hinter Ferdinands Vater her.

Wasser

Oma schnuppert. „Herrlich!" sagt sie. „Ich bin schon Jahre nicht mehr im Wald gewesen."

„Hör mal", sagt Tina streng. „Wir sind nicht zum Vergnügen hier. Wir suchen einen Elefanten."

„Da hast du recht, Tina", sagt Oma. „Aber hier ist kein Elefant. Dafür hörc ich einen Zilpzalp."

„Einen was?"

„Einen Zilpzalp", sagt Oma. „Das ist ein kleiner Vogel."

„Das kann gar nicht sein", widerspricht Tina. „Vögel heißen Spatz oder Krähe. Die haben nicht so idiotische Namen."

Oma zuckt die Achseln. „Dann wird es wohl ein Spatz gewesen sein", sagt sie. „Ein Waldspatz."

Da stehen sie nun. Mitten im Wald. Und was jetzt?

„Ist es schon dunkel?" fragt Oma.

„Nein", sagt Tina. „Ich kann noch eine Menge sehn."

„Ich rieche Wasser", sagt Oma. „Da müssen wir hin."

„Welche Richtung?" fragt Tina.

Oma zeigt die Richtung.

Sie laufen Hand in Hand durch den Wald auf der Suche nach dem Wasser. Oma bleibt oft stehen, um zu schnuppern. „Ich bin mir ganz sicher", murmelt sie dann. „Es ist ein richtiger See."

Tina schnuppert auch, aber sie riecht nur Bäume.

„Weiter weg kann ich ungefähr hundert Menschen hören", sagt Oma. „Da sind eine Menge Kinder dabei."

Tina lauscht, aber sie hört nur einen Waldspatz.

„Und jetzt", flüstert Oma, „bleib mal stehen!" Sie kniet sich hin und legt ein Ohr an den Boden. „Jetzt hör ich einen Elefanten."

Tina bleibt die Spucke weg. Wie ist das bloß möglich? Oma ist ja fast wie ein Indianer.

„Er geht zum Wasser, genau wie wir", flüstert Oma. Sie steht auf. Sie sieht fröhlich aus. „Bin schon immer gut gewesen in Elefanten", sagt sie. „Ich hab's noch nicht verlernt. Komm, Tina!"

Oma stapft durch den Wald. Tina bemüht sich, gut auf Oma aufzupassen. Das ist nicht so einfach, denn Oma stolpert über alles. Mal über eine Baumwurzel, dann wieder über eine leere Dose. Dann über ein Geweih. Man kann sich nicht vorstellen, über was Oma alles stolpert.

„Nicht so schnell, Oma! Vorsicht, Oma! Paß doch auf!" ruft Tina.

„Wenn man alt und blind ist, muß man ein bißchen vorsichtiger sein", keucht Tina.

„Fang du nicht auch noch damit an!" ruft Oma aus. „Alle wollen sie, daß ich zu Hause sitze und handarbeite. Ich denk nicht dran!"

Sie zieht Tina weiter. Sie fällt beinah über ein altes Fahrrad. Das ist das Verrückte an Oma: Sie fällt immer *beinah,* aber nie richtig.

Dann sind sie plötzlich am Wasser. Es ist ein richtiger See. Das Wasser kräuselt sich sanft. Ein paar Schwäne schwimmen darauf herum. Der Mond steht schon am Himmel, aber die Sonne ist noch nicht untergegangen. Es ist still. In der Ferne quakt eine Ente.

„So", sagt Oma. „Mal eben horchen." Sie legt ein Ohr an den Boden. „Es ist ein schwerer alter Elefantenbulle", sagt sie. „Er versucht, ganz leise aufzutreten, aber ich höre seine Schritte trotzdem dröhnen. Es kann nicht mehr lange dauern. Wir warten hier."

Tina setzt sich neben Oma auf den Boden. Sie starrt auf die glatte Wasseroberfläche. Darin spiegelt sich Omas Gesicht. Es sieht aus, als wenn Omas Augen auch auf das Wasser gucken würden.

„Das Wasser ist wie ein Spiegel", erzählt Tina. „Die Sonne und der Mond gucken beide in den Spiegel. Die Sonne kämmt sich die Haare. Und der Mond zieht komische Gesichter."

Oma nickt. „Ich sehe es vor mir", flüstert sie.

„Und ... dann sind da noch Schwäne. Das sind in Wirklichkeit kleine Boote, mit denen Feen über das Wasser fahren. Und da sind so eine Art Spatzen mit ganz langen Schnäbeln, die picken ins Wasser."

„Ja", flüstert Oma. „Es ist sehr schön hier."

Im Gebüsch knackt es. Es ist gar nicht so weit weg.

Tina spürt, wie der Boden bebt.

„Still!" flüstert Oma. „Er kommt."

Tina sucht mit den Augen das Ufer ab. Da muß irgendwo der Elefant zum Vorschein kommen.

Ihr klopft das Herz bis zum Hals. Was für ein Abenteuer!

„Ich seh ihn", flüstert sie.

Oma hält Tina die Hand vor den Mund.

Zwischen den Bäumen taucht ein großer Kopf auf. Ein Rüssel kringelt sich in die Höhe. Arthur schnuppert, ob das Ufer sicher ist. Dann stapft er auf den schmalen Strand.

Jetzt kann Tina auch Tom sehen. Es ist nur gut, daß Oma ihr die Hand vor den Mund hält, sonst hätte sie bestimmt was gerufen.

Arthur läuft bis zu den Knien ins Wasser und trinkt mit seinem Rüssel.

Jetzt hört auch Tina die Stimmen im Wald.

Arthur wedelt unruhig mit den Ohren.

„Komm!" sagt Oma. „Wir müssen zu ihm, bevor die andern da sind." Sie stehen auf und laufen am Wasser entlang.

Arthur dreht sich um. Das Wasser klatscht gegen seinen Bauch.

Umzingelt

Arthur schaut Oma an. Dann sieht er Tina. „Oh, noch ein Kind", denkt er. „Vielleicht nehm ich das auch noch."

„Was macht er?" fragt Oma.

„Er steht da und guckt uns an", flüstert Tina.

„Wedelt er mit den Ohren?" fragt Oma.

„Ein bißchen", flüstert Tina.

Tom späht zu den beiden Menschen am Waldrand hinüber. Er kann undeutlich erkennen, daß das eine ein Kind ist. „Nicht näherkommen!" ruft er. „Sonst wird Arthur böse!"

„Hallo, Tom!" schreit Tina. „Ich bin's!"

Einen Augenblick bleibt es still. Arthur wedelt mit den Ohren.

„Und wer ist bei dir?" fragt Tom.

„Oma", sagt Tina. „Sie ist blind und sie ist gut in Elefanten."

Die Stimmen aus dem Wald kommen jetzt näher. Man hört Pfeifen schrillen und Peitschen knallen. Arthur hebt den Rüssel und schreit.

„Ho, ho!" ruft Oma. „Ganz ruhig, Arthur! Sie tun dir nichts. Bestimmt nicht."

Arthur läßt seinen Rüssel sinken. Er sieht Oma
an. Auf seiner Stirn erscheinen tiefe Falten.

„Laß mich zu dir kommen, Arthur!" ruft Oma.
Sie zieht Schuhe und Strümpfe aus und geht ins
Wasser. „Hab keine Angst! Ich bin nur eine kleine
alte Frau." Oma watet durch das Wasser auf
Arthur zu.

„Oma!" ruft Tina. Aber Oma hört nicht auf sie.
Tina zieht schnell ihre Schuhe aus und geht hinter
Oma her.

„Ruhig, ganz ruhig!" murmelt Oma. „Ich will nur
mit dir reden." Sie streckt suchend ihre Arme aus.
Die Falten auf Arthurs Stirn werden noch tiefer.
An der alten Frau ist irgend etwas, was er nicht

begreift. Warum fuchtelt sie so mit den Armen herum? Sieht sie nicht, wo er ist?

Oma stolpert. Ein paar Meter von Arthur entfernt geht sie unter.

„Oma!" kreischt Tina.

Arthur macht einen Schritt zur Seite und zieht Oma aus dem Wasser.

„Ah, da bist du", sagt Oma. Sie schüttelt ihre triefend nassen Haare.

„Braves Tier!" Sie tätschelt Arthurs haarigen Rüssel.

Tom beugt sich hinunter. „Was sollen wir

machen?" fragt er. „Wir müssen weg. Sie sind gleich da."

„Ihr könnt nicht weg", sagt Oma. „Sie kriegen euch sowieso."

Tina muß das letzte Stück schwimmen. Sie hängt sich an Arthurs Rüssel. „Schön, so ein Elefant!" ruft sie Tom zu.

„Wir müssen dafür sorgen, daß sie Arthur nichts tun", ruft Oma. „Daß sie ihn nicht töten."

Tom nickt erschrocken. An so was hat er noch gar nicht gedacht.

Er schaut zum Wald hinüber. Am Ufer stehen zwei Männer.

„He, Tom!" schreit einer von ihnen. „Alles in Ordnung?"

„Oje", sagt Tina. „Das ist mein Vater."

„Ja!" schreit Tom. „Aber keiner darf näherkommen!"

„Okay!" schreit Tinas Vater.

Jetzt laufen viele Menschen auf dem schmalen Strand zusammen. Knack mit seinen Polizisten, die Wärter und die Kinder, die die Kindernachrichten gesehen haben. Nur Ferdinand, Dirk und der Kameramann sind nirgends zu sehen.

„Umzingeln!" brüllt Knack. „Haltet ihn in Schach, Leute!"

Die Polizisten ziehen ihre Pistolen und richten sie auf Arthur. Ein paar Polizisten gehen ins Wasser.

110

„Halt, stopp!" schreien Tinas Vater und Ferdinands Vater. Sie rennen am Ufer hin und her. „Sind Sie von allen guten Geistern verlassen?" sagt Tinas Vater zu Hauptwachtmeister Knack. „Auf dem Elefanten sitzt ein Kind. Stecken Sie sofort die Pistolen weg!"

„Das lassen Sie mal unsre Sorge sein", sagt Knack, „wir sind schließlich vom Fach." Knack läuft zum Ufer. Er legt die Hände an den Mund. „Hier spricht die Polizei!" ruft er über das Wasser. „Arthur, du bist umzingelt. Widerstand ist zwecklos. Ergib dich und komm mit erhobenem Rüssel ans Ufer!"

Es wird still. Knack späht über das Wasser. Arthur starrt ihn regungslos an. Dann wedelt er langsam mit den Ohren. Er wiegt Tina mit seinem Rüssel. Sonst geschieht nichts.

Der Kommissar

„Arthur!" ruft Oma. „Kannst du nicht mit deinem Ohr ein bißchen weiter herunterkommen? Dann kann ich mit dir reden."

Arthur schaut die kleine Frau im Wasser an. Dann

schaut er zu den Polizisten mit ihren Pistolen hinüber.

Er weiß nicht, was er tun soll. Er will gern hören, was Oma zu sagen hat. Darum läßt er sich auf die Knie nieder. Jetzt liegt er bis zum Rücken im Wasser. Tom läuft das Wasser in die Schuhe. Oma kriegt Arthurs Ohr zu fassen und zieht es zur Seite. „Aha, hier bist du", flüstert sie.

Tina klettert hinter Tom auf Arthurs Rücken. Sie ist klatschnaß.

„Hör mal zu", flüstert Oma in Arthurs Ohr. „Ich weiß genau, was du denkst. Du denkst, ich behalte dieses Kind, jeder hat ein Kind, warum soll ich keins haben?"

Arthur seufzt tief. Aus seinem Rüssel spritzt ein Wasserstrahl.

„Das kann ich sehr gut verstehen, Arthur", flüstert Oma weiter. „Bei mir ist heute auch so ein kleiner Fratz aufgetaucht. Da hab ich einen Moment gedacht: Den behalte ich. Warum nicht? Er kam ja von alleine zu mir. Ich bin eine blinde alte Frau. Ich würde ihn gern behalten. Ich bin genau so ein einsamer Elefant wie du."

Arthur stöhnt mit dem Rüssel unter Wasser. Dicke Luftblasen steigen auf. Das Wasser blubbert.

„Aber wir können die Kinder nicht behalten, Arthur", flüstert Oma. „Sie gehören uns nicht. Sie gehören eigentlich niemandem. Man kann sie nicht einfach hochheben und mitnehmen. Man kann nur hoffen, daß sie zu einem kommen. Weißt du, Arthur, das ist so: Wenn du Tom jemals wiedersehen willst, dann mußt du ihn jetzt loslassen. Wirklich, Arthur. Ich bin sicher, daß Tom dich nie vergessen wird. Er wird dich besuchen, sooft er kann. Wirklich."

Oma ist fertig. Sie tastet über Arthurs Kopf. Sie fühlt die tiefen Falten.

Arthur ist traurig und müde. Er weiß, daß Oma recht hat. Er muß Tom loslassen.

„Bleib hier stehen!" ruft Oma. „Ich geh ans Ufer. Komm erst, wenn ich winke. Hast du gehört, Tom? Wo ist Tina?"

„Hier!" ruft Tina. „Ich sitz auf Arthur."

„Wenn Sie winken, kommen wir ans Ufer", sagt Tom. Oma nickt. Die nassen Haare kleben ihr im Gesicht. Sie dreht sich um und watet ans Ufer.

„Arthur!" ruft Knack. „Hier spricht die Polizei. Das ist die letzte Warnung. Ergib dich und komm mit erhobenem Rüssel ans Ufer!"

Tinas Vater und Ferdinands Vater laufen Oma durchs Wasser entgegen. Sie nehmen sie an der Hand. „Führen Sie mich zu den Polizisten!" sagt Oma.

„Gut, kommen Sie", sagt Tinas Vater.

„Sind Sie blind?" fragt Ferdinands Vater bestürzt.

„Ziemlich", sagt Oma. „Aber das braucht man der Polizei ja nicht auf die Nase zu binden."
Sie führen sie zu Hauptwachtmeister Knack.
„Herr Kommissar", sagt Oma, „ich komme im Namen von Arthur."
Knack nimmt Haltung an und tippt mit der Hand an seine Mütze. „Ich bin, ehem, ich bin noch nicht Kommissar", sagt er, „ich bin Hauptwachtmeister."

„So was", sagt Oma. „Ihrer Stimme nach zu urteilen, müßten Sie schon längst Kommissar sein."

„Sie sagen es", sagt Knack.

„Arthur kommt ans Ufer", sagt Oma.

„Natürlich", sagt Knack zufrieden. „Er ist umzingelt."

„Er kommt erst ans Ufer, wenn die Polizei weg ist";

sagt Oma. „Dann wird er Tom anstandslos absetzen. Und dann wird er wieder zum Zirkus zurückgehen."

Knack blickt erschrocken in Omas Gesicht. „Das-das kann nicht Ihr Ernst sein. Wir dürfen dieses gefährliche Tier nicht aus den Augen lassen!"

„Herr Kommissar", sagt Oma. „Ich verstehe was von Elefanten. Wenn Sie jetzt abrücken, werden Sie für Ihr umsichtiges Handeln Ruhm ernten, davon bin ich überzeugt."

„Und wenn Sie dann berühmt sind, macht Ihre Frau vielleicht jeden Tag Makkaroni für Sie", sagt Tinas Vater.

Ferdinands Vater pufft ihn unauffällig in die Seite. „Laß die Witze!" zischt er.

Knack schaut von Oma zu Tinas Vater und wieder zurück. Dann schaut er zu Arthur hinüber, der still im Wasser steht. Die beiden Kinder auf seinem Rücken winken.

„Man könnte es auf einen Versuch ankommen lassen", murmelt Knack. Er legt die Hände an den Mund. „Abrücken!" schreit er. „Alle Einheiten abrücken!"

Die Polizisten drehen sich verwundert nach Knack um. Aber sie tun, was er sagt. Sie stecken ihre Pistolen weg und laufen in den Wald.

„Noch weiter!" ruft Oma. „Bis sie das Wasser nicht mehr sehen können."

Sie wartet und lauscht gespannt.
„Jetzt sind sie wirklich weg", sagt Tinas Vater.
„Gut", sagt Oma. Sie geht zum Wasser hinunter
und winkt.

Alter Hornochse!

Arthur sieht Omas winkende Hand. Er denkt nach. Er ist glücklich. Auf seinem Rücken sitzen zwei Kinder. Er weiß, daß er stark ist. Warum sollte er die Kinder zurückgeben?

Er taucht den Rüssel in den See und schlürft ein paar Liter Wasser in sich hinein.

„Warum darf ich nicht glücklich sein?" denkt er. „Warum lassen sie mich nicht in Ruhe? Warum muß ich im Zirkus Kunststückchen machen?"

Er schaut zu Oma hinüber. Sie ist nur ein kleines Püppchen, wie sie da am Ufer steht.

Hinter ihm ist Wasser, nichts als Wasser. Er muß also ans Ufer. Zu der kleinen alten Frau. Aber auch zu den Wärtern mit ihren lauten Stimmen.

Ihm bleibt nichts anderes übrig. „Als Elefant ist man machtlos", denkt er. „Man kann ja niemandem die Faust zeigen."

Er hebt seinen Vorderfuß und macht einen Schritt. Das Wasser platscht, als wäre eine dicke Frau hineingesprungen. Arthur macht noch einen Schritt. Noch eine dicke Frau. Es werden vierundzwanzig dicke Frauen, bis er am Ufer ist.

Er tippt Oma leicht auf die Schulter. Niemand sagt etwas. Sogar die Wärter halten die Luft an.

Arthur läßt sich würdevoll auf seine Knie nieder. Jetzt liegt er mit dem Bauch auf dem Boden. Er hilft erst Tina herunter. Dann Tom.

Tom steht neben seinem Kopf. Arthur betrachtet das Kind. Es ist ein schönes Kind. Der Anblick läßt sein Herz höher schlagen.

Er macht die Augen zu. „Jetzt will ich sterben", denkt er. „Dem Leben wird viel zuviel Wert beigemessen, finde ich. Ein Elefant allein, das ist nichts."

Ein Elefant kann tief nachdenken, wenn es ihn auch Mühe kostet.

„Arthur?" fragt Tom. „Schläfst du?"

„Nein", denkt Arthur, „ich schlafe nicht, ich bin nur müde."

Er macht ein Auge auf und sieht Tom an.

„Ich fand es schön auf deinem Rücken", sagt Tom. „Das war das Schönste auf der Welt."

Arthur macht auch das andere Auge auf. Er schnuppert an Toms Gesicht. Nanu, was riecht er denn da? Das Kind weint ein bißchen! Tom soll nicht traurig sein.

Arthur wedelt mit den Ohren. „Jetzt reiß dich aber zusammen, alter Hornochse!" sagt er zu sich selbst. „Kinder zum Weinen bringen, das geht zu weit!"

Arthur richtet sich schwerfällig auf. Er hebt den Rüssel und trompetet. Es klingt wie eine verrostete Spielzeugtröte.

Ohne sich umzuschauen, trottet er zu den Wärtern. Die springen mit ihren Peitschen und Ketten um ihn herum, aber keiner rührt ihn an.

Arthur läuft schnurstracks in den Wald, mit dem Rüssel auf dem Boden. Er folgt seiner eigenen Spur zurück. Zum Zirkus.

Die Leute am Ufer schauen ihm nach. Tinas Vater hat Tom auf seine Schultern gehoben, damit er Arthur länger sehen kann.

Hauptwachtmeister Knack und seine Männer kommen aus dem Wald. Sie stehen am Ufer und reden miteinander.

Da kommt plötzlich Ferdinand angerannt. Hinter ihm läuft der Kameramann mit der Kamera auf der Schulter. Und dahinter Dirk mit seinem Mikrophon.

„Ferdinand!" schreit Ferdinands Vater. Er rennt Ferdinand entgegen. Sein Schlips flattert im Wind.

„Wo ist der Elefant?" schreit der Kameramann.

„Der Elefant?" fragt Knack. „Der ist schon längst hinter Schloß und Riegel."

„SCHON WIEDER ZU SPÄT!" schreit der Kameramann. „Hättet ihr nicht auf das Fernsehen warten können?"

Knack nimmt seine Mütze ab und kratzt sich am Kopf. „Verflixt", sagt er, „da hab ich überhaupt nicht dran gedacht."

„Das sieht euch mal wieder ähnlich!" ruft der Kameramann. „Ihr denkt auch an gar nichts. Ihr glaubt wohl, daß wir uns die Nachrichten von den Bäumen pflücken. DIRK!?"

„Ja?" fragt Dirk.

„Wir machen ein Interview mit dem Kleinen. Wie heißt er noch?"

„Tom", sagt Dirk.

„Okay, mit Tom", sagt der Kameramann. „Hast du 'ne gute Frage auf Lager?"

„Ich weiß eine gute", schreit Ferdinand.

Dirk und der Kameramann sehen ihn neugierig an. „Na?" fragt der Kameramann.

„Sag ich nicht", sagt Ferdinand. „Laßt mich mal das Interview machen, dann werdet ihr schon hören."

Dirk und der Kameramann werfen sich einen kurzen Blick zu. „Gute Idee", sagen sie wie aus einem Mund.

Ferdinand kriegt das Mikrophon. Er hält Tom das Ding unter die Nase. Die Lampe auf der Kamera scheint Tom grell ins Gesicht.

„Und?" fragt Ferdinand. „Als du auf dem Elefanten gesessen hast, WAS GING DA IN DIR VOR?"

Tom schaut in die Kamera. Er blinzelt mit den Augen. Er steckt einen Finger in den Mund. „Bix."

Ein neuer Karton

Tina, Tom und Ferdinand sind wieder zurück in ihrer Straße.

Tina hängt mit dem Kopf nach unten an der Kletterstange.

Da kommt Ferdinand. Er hat einen Karton bei sich.

„Ich will nicht in deinen Karton gucken!" schreit Tina.

Ferdinand bleibt vor Tinas baumelndem Kopf stehen. „Das ist ein ganz anderer Karton", sagt er. „Und du brauchst auch überhaupt nicht reinzugucken, wenn du nicht willst."

Ferdinand hält ihr den Karton hin.

Tina sitzt mit einem Schwung oben auf der Kletterstange. Sie guckt sich den Karton an. Es ist tatsächlich ein anderer. Er sieht aus wie ein Fernseher. Im Deckel ist ein grauer Bildschirm. Und an der Seite sind richtige Knöpfe.

„Selbstgemacht", sagt Ferdinand.

„Toll", sagt Tina. „Geht der auf?"

„Ja", sagt Ferdinand, „man *kann* ihn aufmachen, aber ich mach ihn nur auf, wenn du bitte sagst."

„Ist denn was drin?" fragt Tina neugierig.

„Ja", sagt Ferdinand, „da ist was drin. Sogar alles mögliche."

Tina schluckt. Sie würde wahnsinnig gern in den Karton schauen. Aber sie will nicht darum bitten, denn sonst hätte Ferdinand gewonnen.

Da kommt Tom. Er bleibt bei Tina und Ferdinand stehen und guckt sich Ferdinands Karton an.

„Ich weiß, was da drin ist", sagt er.

„Was denn?" fragt Tina.

„Sag ich nicht", sagt Tom.

Ferdinand zuckt die Achseln. „Außer mir weiß keiner, was drin ist."

„Soll ich euch mal was Schönes erzählen", sagt Tom. „Arthur kommt aus dem Zirkus raus. Er ist an den Zoo verkauft worden."

„Unsern Zoo in Amsterdam?" fragt Tina.

Tom nickt. „Ich geh ihn jeden Tag besuchen."

„Jeden Tag?" fragt Ferdinand. „Das wird aber teuer!"

„Ich darf umsonst rein, weil ich berühmt bin", sagt Tom. Das stimmt. Tom ist durchs Fernsehen unwahrscheinlich berühmt geworden.

„Ihr dürft auch mal mit", sagt Tom.

„Will ich gar nicht", sagt Tina. „Ich darf in den Ferien zu meiner blinden Oma nach Amersfoort."

„Und ich mach mit Dirk und dem Kameramann einen Film darüber, wie wir uns verlaufen haben", sagt Ferdinand.

Mannomann! Sie haben ganz schön viel um die Ohren! Das Leben hat sich total verändert.

„Wir sind eigentlich gar keine normalen Kinder mehr", seufzt Tina.

„Das war zu erwarten", sagt Ferdinand. „Wir waren schon immer ein bißchen was Besonderes."

„Vor allem ich", sagt Tom.

Tina und Ferdinand sehen Tom erstaunt an. Sie sagen nichts, weil Tom der kleinste ist.

„Mir ist langweilig", sagt Tina. „Ist was Schönes in deinem Karton?"

„Möglich", sagt Ferdinand.

„Laß sehn!" sagt Tina.

„Halt!" ruft Tom. „Ich weiß was. Tina und ich machen die Augen zu. Ferdinand macht seinen Karton auf. Und dann rat ich, was drin ist. Okay?"

„Einverstanden", sagt Ferdinand. Er dreht sich sicherheitshalber um, damit Tina und Tom nicht heimlich in den Karton linsen können.

„Augen zu?"

„Ja", sagt Tina.

„Ja", sagt Tom.

„Los, ratet!" ruft Ferdinand.

„Da sind...", schreit Tom, „da sind STEINCHEN, FLASCHENDECKEL und GLASSTÜCKCHEN drin!"

Tina macht vor Schreck die Augen auf. „O nein!" ruft sie. „Nicht schon wieder!"

Ferdinand sieht Tom entgeistert an. „Wo-woher hast du das gewußt?" stammelt er.

Tom wälzt sich vor Lachen auf dem Boden und strampelt mit den Beinen.

Tina guckt in den Karton. Sie seufzt und macht müde die Augen zu.

Sie läßt sich hintenüberfallen und baumelt wieder mit dem Kopf nach unten an der Kletterstange.

Ein alter Seebär, der sich unsterblich
in eine blinde Oma verguckt,
ein Kapitän, der sein eigenes Schiff entführt,
ein Pirat mit gleich zwei Holzbeinen
und eine Schatzinsel,
die es womöglich gar nicht gibt –
das hört sich schon verrückt an.
Aber schön verrückt
mag Tina es am liebsten.

Guus Kuijer
**Tina und der Schatz
von Zweibeinland**

142 Seiten mit
Bildern von Jan Jutte
ISBN 3-473-34327-7

RTB Kinderliteratur

RTB 224 ab 8

RTB 362 ab 9

RTB 968 ab 8

RTB 1560 ab 8

RTB 1616 ab 9

RTB 1724 ab 9

Ravensburger TaschenBücher